직접 겪은 대기업 노조와
한국사회 노동운동의 이면

노동운동의
두 얼굴

김종환 지음

나무와바다 자서전 시리즈2

노동운동의 두 얼굴

초판 1쇄 펴낸날 2021년 12월 17일

글쓴이 김종환
펴낸이 손상민
펴낸곳 나무와바다
주소 창원시 성산구 동산로 186번길 7
홈페이지 www.퇴근후책쓰기.com
전자우편 neo7796@hanmail.net
블로그 blog.naver.com/mangocompany
ISBN 979-11-965514-8-3
책임편집 | 손상민
디자인 | 최광희

노동운동의 두 얼굴

차례

/ 들어가는 글 /

책을 쓰면서

저는 진보주의자입니다. 단 한 번도 반 노동자주의자라고 생각해보지 않았습니다.

아주 낮은 단계의 지회노동조합 간부를 하고 이 글을 쓴다는 것이 우습게 혹은 거만하게 보이거나 어쩌면 사치로까지 보인다는 걸 알고 있습니다.

글을 쓰면서 내내 고민했습니다. 목숨까지 바쳐 희생하신 선배님들의 고귀한 뜻에 누가 되지는 않을지, 또 책에서 표현한 내용들로 인해 노동조합활동이나 노동운동, 사회운동을 했던 수많은 분들을 욕되게 하거나 그들의 활동과 공을 깎아내리는 일이 되지는 않을지…. 이 글을 통해 그들을 그리고 그들의 헌신을 폄하하고자 하는 의도는 전혀 없습니다.

오히려 저는 노동조합활동이 전무했거나 빈약할 때 또 사회운동이 지금처럼 보편화되지 않았을 때 저항하고 교육했던 것들이 구태인양 평가되는 지금의 현실이 매우 안타깝습니다.

지나친 이데올로기적 시각에 젖어 과거를 모두 부정하는 것은 아닌지, 과거 우리가 지키고자했던 가치들이 수구들에 의해 왜곡되고 정치적 구호로 전락하고 만 것은 아닌지 한탄스럽습니다.

엄혹한 시기에 정신력 하나로 의지하며 싸워 거둔 모든 성과를 현재에만 입각한 편협한 시각으로 평가해서는 안 될 일입니다. 마찬가지로 과거의 일을 치기어린 시각으로 과소평가 하거나 저속하게 치부하는 일 역시 경계해야 합니다.

저는 이 책에서 솔직하고 어쩌면 신랄하게 저의 과거와 제가 보아온 노동운동의 '민낯'을 공개했습니다. 이는 주관적 시각이나 경험일 뿐 운동의 관점에서 비관적이거나 욕된 것이 아님을 분명히 밝힙니다. 다만, 모두가 바라는 밝은 사회를 위해서는 반드시 누군가 하나쯤은 희생하고 욕을 먹는 아픔을 겪어야만 하기에 제가 나선 것입니다.

어쩌면 조그마한 것을 보고 크게 확대 해석했는지도 모르겠습니다.

하지만 조합 활동을 20년 넘게 했던 사람으로서 좀 더 역동적이고 갈등 없는 순수한 노동으로 발전하기를 간절히 바라는 마음에서 쓴 글들입니다.

또 같은 노동운동을 하면서 '왜' 편 가르고 시기하며 증오해야만 했는지 제가 먼저 뉘우치고 용서의 마음을 전하고자 했습니다. 공(功)도 많았지만 과(過)에 대해서도 지적하고 싶었습니다. 특히 몇몇 지도자들이 자리싸움에 연연할 때 저 역시 그에 휘둘려 지나치게 비판하고 반대했던 사실도 고백하고자 했습니다.

제 자신이 경험하고 생각한 노동운동을 함께 돌아보면서 이제는 더 이상 분열하지 않고 한 곳을 향해 생각을 모아 단결하는 노동운동이 되기를 희망합니다.

노동운동의 순수성을 회복하여 국민들로부터 호응 받는 사회운동으로 발전하기를 바랍니다.

저임금 노동자들의 고통과 어려움에 좀 더 귀 기울이고 보호하는 공정하고 평등한 사회가 되기를 기원합니다.

김종환

1장

시근이 들기 전의 나

우리 동네는 '나래비집촌'이었다

내가 살던 동네는 일본 귀향동포들이 정착한 마을로 멀리서보면 돼지나 소움막처럼 생긴 집들이 즐비했다. 일명 '나래비집'으로 불렸던 집들은 1974년 국가에서 개별 주택을 무상지원하면서 단독주택으로 그 모습이 바뀌었다.

나는 3남1녀 중 장남으로 태어났다. 아버지께서 내가 아주 어릴 때부터 타지에서 생활하시는 바람에 나는 주로 외갓집에서 생활했다고 전해 들었다. 동생들은 모두 두 살 터울로 아버지는 둘째가 여동생이었는데, 기억에는 아버지가 유독 여동생을 예뻐하셨다.

마을 앞 신작로에는 하루 네 번 버스가 다녔다. 마을 뒤 큰 개울에서는 비가 많이 온 날이면 강에서 올라온 큰 붕어, 잉어를 볼 수 있었다.

일본식 이름으로 오바상, 마삿지, 오마겐지라 불리던 어른들이 사셨고, 아버지는 마을 뒤 개울에서 모래를 채취하는 일로 생활했다. 아버지에 대해서는 거의 기억나는 것이 없는데, 그나마 희미하게라도 기억나는 것이 바로 모래를 채취하던 모습이다.

마을에는 나와 동갑인 친구들이 여섯 명 있었다. 한 명은 순진이란 이름의 여자친구였고, 나머지 다섯 남자애들 중 그나마 내가 제일 공부를 잘했다.

중학교는 면소재지에 있어 집으로 4킬로미터 거리를 걸어가야 했다. 한 시간 가량 걸어야 했는데, 차가 다니는 신작로는 비포장길이라 차로 일어나는 먼지가 심해 주로 낙동강이 흐르는 큰 냇가 옆길로 등하교를 했다.

여름에는 학교에서 도로가나 동네 길목에 가방을 모아두고 냇가에서 목욕도 하고 손으로 고기를 잡았다. 가끔 큰 메기나 가물치, 뱀장어도 잡을 수 있어 항상 경쟁적으로 고기를 잡고는 했다.

못생기고 꺼벙한 축이었던 나는 국민학교, 중학교 동기

들을 만나면 '상촌놈'이었다는 말을 듣고는 했다.

공부에 뜻이 없었던 나는 부산 외삼촌 집에서 먼 고등학교를 잠깐 다닌 게 전부였으며 또래 친구들에 비해 일찍 객지생활을 한 말 그대로 촌놈이었다.

그러다 서른이 넘어서야 고등학교 검정고시를 보게 되었고 집사람의 뒷바라지로 10년 만에 박사 학위까지 마쳤다.

나래비집 촌놈이 출세 한 번 제대로 한 셈이다.

정말로 공부가 싫었다

우리 동네에는 초등학교 졸업 때까지 내 또래 친구가 여섯 명이었다. 두 명은 여자아이였고, 네 명은 남자아이였다.

내 기억으로 나는 여섯 명 중 두 번째로 공부를 잘했다. 국민학교 3학년 때 한글을 다 쓰고 구구단은 4단까지 외웠다. 우리 때는 구구단을 주판으로 공부할 때라 주판알을 튕기는 계산보다는 암산이 더 빨랐다.

시골생활이야 거의 비슷하지만 우리 집에는 소가 없어서 친구들이 소꼴 베고 소 먹일 때 나는 개구리 잡고 노는 게 일상이었다. 추운 겨울 한 시절을 빼고는 늘 개울가 수문 근처에서 물고기며, 가재를 잡으며 놀았다.

그 외에도 동네 형들과 몰려다니기, 수문꼭대기에서 하던 등치기 다이빙은 선수급이었다.

일제 강점기 때 만든 길이 50m 정도의 수문보를 잠수해서 통과하기도 하고 몇 살 위 형들로부터 몰래 담배 피우는 법도 배웠다. 형들에게 상으로 받은 담배를 피우면 동네 친구들이 부러워하기도 했다.

그렇게 국민학교를 졸업하고 중학교 1학년이 되었다. 중학교 1학년 때의 일이다. 그날은 이웃동네로 가는 산 중턱에서 묘사를 지낸다는 말을 듣고 동네 형들과 함께 묘사가 있는 곳으로 향했다. 묘사를 지내는 묘주가 부잣집이라 고기와 떡을 많이 줄 거라고들 했기 때문이다.

마침 묘사떡 받으러 온 사람들이 예전에 비해 절반도 되지 않아, 우리는 긴팔 티셔츠를 하나 벗어가지고 그 위에 떡을 잔뜩 받아올 수 있었다.

그런데 떡을 앞에 놔두고는 나보다 네 다섯살 많은 형들이 나와 한 살 차이가 나는 형을 지목하며 싸움을 붙였다.

나는 처음 싸움을 해보았지만 망설이지 않고 형을 때리고 밀어 넘어트렸다.

"코! 코!"

형들은 말리지도 않고 오히려 싸움을 부추기며 상대방의 코를 때리라고 했다. 난 형들의 말대로 한 살 위 형의 코를 때려 기어코 피가 나게 만들었다.

나는 보란 듯이 고사떡 중 가장 큰 찹쌀떡 하나를 집어 들고 왔다. 형들 누구도 나한테 뭐라고 하지 못했다.

공부보다는 산이나 들을 뛰어 다니고 고기 잡고 나무하는 게 더 쉽고 좋았다. 그런 내게 어머니는 "공부하라"는 잔소리를 입이 닳도록 하셨다. 외가 쪽 어른들 중 훌륭한 분들이 많았던 탓에 장남인 내게 거는 기대가 남달리 크셨기 때문이리라.

내가 다닌 중학교는 동네에서 4km 떨어진 마금산온천이 있는 면소재지에 있었다. 동네 형, 누나들은 비포장 신작로로 걸어서 학교에 갔지만, 나는 엄마가 사주신 자전거를 타고 오르막길이 없는 뚝방으로 학교를 다녔다.

동네 어른들은 동네에 무슨 안 좋은 일만 생기면 별난 나를 제일 먼저 의심했다. 봄이면 밀서리, 여름에는 수박, 참외서리, 가을에는 땅콩서리를 했는데 그 모든 걸 내가 주도해서 했다고 오해를 받기도 했다. 나는 그저 동네 형들을 따라가서 얻어먹은 게 다였는데 말이다. 하도 함부로 돌아다녀서 아직도 내 다리에는 영광의 상처들이 수십 군데나 흔적으로 남아있다.

"별난 놈!"

나는 중학교를 졸업할 때까지 우리 동네에서 가장 잘 까불고 장난 잘 치는 놈으로 알려져 있었다.

하지만 반대로 칭찬도 많이 받았다. 해마다 도로정비부역, 산림조성부역, 경리정리부역 등으로 동네 어른들을 모아 부역을 했는데, 나는 중학교 1학년 때부터 참석해 갖은 심부름을 도맡아했기 때문이다.

'마삿지'라 불리던 동네 아저씨 한 분은 나를 친자식처럼 좋아해서 자신이 쓰던 낚싯대를 주기도 했다. 나는 친구들이 모두 통대나무 낚싯대로 낚시시늉만 할 때도 아저씨가 준 6칸짜리로 연결되는 진짜 낚싯대로 낚시를 해서 온갖 부러움을 산적도 있었다. 공부 빼고는 다 재미있던 시절이었다.

우리 집 돼지는 복돼지

비가 억수같이 쏟아지고 나면 아버지는 개울에서 떠내려온 많은 모래를 차가 바로 실어갈 수 있도록 한 곳에 모으는 일을 하셨다. 한번은 돼지에게 줄 개구리를 잡기 위해 세 살 아래 남동생과 내가 아버지가 일을 하고 계신 방향으로 걸어갔다.

날이 더워 아버지는 웃통을 벗고 모래작업을 하고 계셨고 우리는 멀리서 그 모습을 알아볼 수 있었다. 아버지에게 가려고 했던 것은 아니었지만 동네에서 뚝으로 가는 길이 하나밖에 없어 어쩔 수 없이 아버지와 마주쳐야 하는 상황이었다. 그때 아버지가 멀리서 걸어오는 나와 동생을 보고는 뚝에 있는 커다란 버드나무 뒤로 몸을 숨기셨다.

지금도 가끔 그때의 아버지 모습을 떠올리면 한숨과 눈물이 나온다.

나와 동생은 모습을 숨긴 아버지를 모른 척 뒤로하고는 마을 앞 큰 냇가 뚝까지 계속 걸어갔다. 개구리를 빨리 많이 잡아야 돼지에게 밥을 줄 수 있다는 생각에 나무 막대를 가지고 보이는 대로 때려잡아서 반 통 넘게 개구리를 잡았다.

그때는 왜 그렇게 개구리가 많았는지. 때마침 짝짓기 중이던 화사와 물자수 두 쌍의 뱀이 엉켜있는 것도 발견하고 때려잡아서 개구리와 함께 집으로 가지고 갔다. 잡아온 개구리와 뱀은 가마솥에 넣고 끓여서 돼지먹이로 주었다.

개구리와 뱀을 삶는데도 왜 그렇게 냄새가 구수하고 맛있는지 엄마 몰래 뚜껑을 열어 제일 큰 개구리의 다리살을 몇 개 떼어내어 동생과 나눠 먹기도 했다. 너나없이 배가 고픈 시절이었고 간식도 변변한 게 없었으니 그것조차 맛이 있었던 모양이다.

나와 동생이 노력한 덕분이었던가. 우리집 돼지들은 어찌나 실하게 컸는지 동네에서 가장 빨리 100근(60kg)으로 키워 내다 팔 수 있었다. 돼지를 빨리 키워 팔아 마련한 돈은 없는 살림에 큰 보탬이 되었다.

언젠가 한 번은 어머니가 동생과 개구리를 먹는 모습을 지켜보셨던 모양이다. 어느날 어머니는 나와 동생을 먹이려고 동네에서 잡은 돼지고기를 사오셨다.

지금 생각하면 '엄마'라고 부르기도 미안하고 죄스러울 지경인 우리 어머니, 조말선 여사는 창녕 조씨임을 대단히 자랑스러워 하신 분이다.

외갓집 얘기를 잠시 하자면, 우리 외갓집은 40여 가구 조씨 집장촌 동네에서 가장 위에 있는 집이었다. 머슴 6~7명을 데리고 있을 정도로 큰 부자기도 했다. 집도 윗채, 아래채, 사랑채, 헛간, 뒷방앗간이 모두 있는 5칸짜리 대저택이었다. 외증조부, 외할아버지, 외할머니, 큰외삼촌은 모두 80세 가까이 사신 장수 집안이었다.

특히 창녕 조씨는 세계 최고 여성 성악가, 국회의원, 서울대 교수, 의사, 사업가 등을 배출한 유명한 가문이어서, 아버지는 외가인 창녕 조씨 집안에 비하면 자신의 친가인 김씨 집안은 '쌍놈 집안'과 다름없다는 말을 큰아버지와 농담처럼 주고 받으셨다.

어머니는 4남3녀 중 둘째 딸로 태어나 위로 오빠가 세 명, 아래로 여동생 둘, 남동생이 하나였다. 남동생은 가장 막내로 남자들은 모두 전문대학을 졸업했지만 어머니를 포함한 여자 형제들은 초등학교를 졸업한 게 다였다.

아버지와는 중매로 만나 결혼을 하셨고, 당시 4km 떨어진 이웃 동네였지만 행정구역이 달랐다고 들었다. 아버지께서 고등학교를 졸업한 걸 보고 집안 살림살이와는 상관없이 결혼을 하셨다고 했다.

명문가에서 귀하게 자란 어머니는 42세에 혼자 되셔서 지지리 가난한 집안의 가장이 되어 한평생을 고생하며 사셨다. 기차 안 청소, 작은 공장 내부 청소 등 조금이라도 월급이 많은 곳을 찾아 직장을 옮겨 다녔다. 86세가 되신 우리 어머니. 이제는 다리가 많이 불편해 걸어 다니는 일도 힘겨워하신다.

나는 군대 가기 전까지 어머니와 한 집에서 살았지만, 제대한 이후로는 독립해 살고 있다. 가까이 계신 어머니를 자주 찾아뵙지도 못하는 이 불효자식은 언젠가 꼭 한 번은 편히 어머니를 모시고 싶다는 생각을 놓지 않고 산다.

군기피자였던 아버지

아버지는 군대에 가지 않으셨다. 입대 중 중간에 집으로 돌아온 군기피자였다. 살아생전 본인은 군대 생활이 힘들어 기피한 게 아니라 신념이 강했다는 말을 자주 하셨다. 그때만 해도 군기피자들이 꽤 있었다. 하지만 범법자 신분이었기 때문에 평생 은둔 생활을 할 수밖에 없었다.

3남2녀 중 막내였던 아버지의 아버지 즉 나의 할아버지는 마흔을 넘기기 못하고 돌아가셨는데, 그 때문에 큰아버지는 고향에 계셨고 바로 아버지의 바로 위 형님과 아버지는 고등학교를 졸업하고 사촌 형제분이 계신 청주에서 기피생활을 하셨다고 했다.

아버지는 크지 않은 키였지만 늘 당당하셨다. 물론 군기피자로 살면서 많은 시간을 숨어 지내야 했다. 군기피자라는 사실 때문에 인생의 많은 기간을 방랑하는 시간으로 보내기도 했다. 결혼 후에도 아버지는 청주, 밀양 ,부산 등에서 많은 시간을 보냈다고 하셨다.

어머니는 나를 업고 아버지를 보러 청주, 밀양, 부산에 갔다는 말씀을 자주 하셨다. 방황이 되어버린 방랑의 시간이 계속되자 아버지는 술에 의지해 사는 처지가 되고 말았다. 마산에서 생산된 백광소주 2리터 여섯 병이 들어있는 술 박스가 비워지는 데는 채 일주일이 걸리지 않았다.

아버지 자신도 술에 의지하는 생활을 무척 힘들어했다. 끊었다 마셨다를 반복했지만 어떤 시기에는 백일 넘게 끊은 적도 있었다. 의지는 상당히 강한 분이셨다.

유신 시대에 야당 국회의원 선거운동도 열정적으로 하셨다. 그때 야당출신으로 출마한 창원군 황낙주 씨를 국회의원으로 만들기 위해 백방으로 뛰어다니는 바람에 동네 어른들의 핀잔을 듣기도 했다.

그럼에도 아버지는 주위 마을에서 꽤 존경받는 분이셨다. 이웃 동네에 상이 나면 축문에서부터 상조 깃발, 발인

제문까지 모두 아버지께서 써주셨다. 또 풍류를 즐길 줄 아셨는지 유행가보다는 국악에 심취하셨고, 술은 좋아하셨지만 노름잡기는 하지 않으셨다.

아버지는 1979년 45세를 일기로 우리 곁을 떠나셨다.

불량했던 고교시절

우리 때는 고등학교 입학시험을 치고 한참이 지난 후에 합격 여부를 알 수 있었다. 합격자발표도 라디오에서 수험번호를 불러주는 식이었는데, 마산고등학교, 마산상고, 마산공고 순으로 발표를 했다.

내가 다니던 중학교에서 1, 2등을 하던 친구들은 금호공고에 학교장 추천으로 입학했고, 평균점수 95점 이상이면 마산고등학교, 92점 이상이면 마산상고, 90점 정도면 마산공고에 갈 수 있었다.

중학교 3학년 2학기가 되면 학교에서는 진학반을 운영하고 평소 자기 점수에 따라 상담해 담임선생님은 입학원서를 써주셨다.

평균점수 70점이 되지 못했던 나는 마산 안에 갈 수 있는 고등학교가 없었다. 결국 1, 2차 시험에 다 떨어지고 부산 외삼촌네 집으로 유학으로 떠나게 되었다.

그때는 전국적으로 공업을 육성하자는 차원에서 공업고등학교가 굉장히 많았다. 나는 내 수준에 맞는 공업고등학교에 입학했다. 외삼촌댁은 남구 감만동이었으나 학교가 서구에 있어서 나는 아침 일찍 서둘러 학교에 가지 않으면 안 됐다. 일찍 서둘러도 먼 거리여서 지각이 잦은 바람에 의도하지 않게 지각대장이 되고 말았다.

더군다나 학교가 기독교재단에 속해 있어서 토요일마다 예배를 봐야 했는데, 지각이 잦으니 점수도 높을 수 없어서 늘 평균점수 50점을 간신히 유지하는 정도로만 점수를 받았다.

좋아하지도 않는 공부를 하려고 어렵게 학교를 다니다 보니, 지각도 땡땡이도 숫자가 늘어났다. 외삼촌집에는 학교에 간다고 나왔지만 학교를 빠진 적이 꽤 많다. 용두산 공원에서 보내는 시간이 학교에서 보내는 시간과 비슷할 정도였으니 말이다.

나도 머리는 있어서 학년별로 명찰색이 다른 것을 이용

해, 땡땡이를 치는 날이면 항상 1학년 명찰 대신 색깔이 다른 3학년 명찰을 달고 배회했다.

용두산 공원에는 늘 노숙인이 많았다. 공원 근처에는 나 말고도 땡땡이를 친 남녀 고등학생들이 무리지어 있었다. 영도 해양고등학교 학생들은 학년별로 옷 소매 색깔이 다르기 때문에 쉽게 학년을 구분할 수 있었다.

어렵게 마련해주신 외삼촌과 엄마에게 받은 용돈은 공원 야바위꾼에게 털리기 일쑤였으며 자주 하다 보니 단골이 되어 내게는 하지 말라고 말려주기도 했다.

나는 친구들과 함께 학교 재래식 화장실에 숨어 담배를 나눠 피우고, 사홉들이 소주 한 병을 나눠 마시고는 럭키치약을 짜서 입에 넣어 뱉으면서 술, 담배 냄새를 없앤 다음 수업에 들어가기도 했다.

매주 금요일은 가방, 호주머니 검사가 있었는데, 어리버리했던 나는 담배 흔적을 몇 번 들키는 바람에 상습범으로 찍혀 유기정학 10일을 받고 말았다. 정학 기간 동안 매일 반성문을 써야 했고, 화장실 똥을 바케스에 담아 학교 운동장 주변 나무에 뿌리려야 했다. 그날 이후 나는 문제 학생으로 관리됐다.

2학년 2학기가 시작되었지만 나는 여전히 비슷한 패턴에서 벗어나지 못했다. 게다가 '찍힌' 다음부터는 학교생활이 쉽지 않았는데, 어느 날엔가는 정말 참을 수 없을 만큼 모질게 맞았다. 그 일로 가장 친했던 친구까지 나 때문에 혼이 나고 구타까지 당하는 것을 보며 퇴학을 결심하고 무작정 서울로 갔다.

나는 내가 제일 잘하는 게 노래 부르는 것이라 생각하고 종로에 있는 음악학원을 찾아갔다. 서울의 가장 끝인 구파발동 산 밑에 방을 얻어 가수 공부를 독학으로 하기 시작했다.

5개월 동안 죽자 사자 노래 연습에 열중했다. 그 와중에 서대문구 불광동에 있는 가수 이용복 씨네 집 근처까지 걸어가 보기도 했는데, 그때 나처럼 노래 연습하러 왔던 가수 지망생들을 많이 봤다.

결국 돈이 떨어지자 가수의 꿈도 접고 12시간 야간열차를 타고 고향으로 돌아왔다. 지금도 내가 제일 잘 하는 게 무엇인지 물어보는 사람에게 '노래 부르기'라고 자신 있게 말하는 나의 18번은 '보릿고개'와 '어머님전상서'이다.

병역특례를 포기한 이유

내가 마산에 있는 고등학교 시험에 떨어지고 부산으로 가던 1975년 그해, 마산 수출자유지역 내에 '코리아타코마'라는 조그마한 조선소가 세워졌다.

그때만 해도 경남에서는 유일하게 병역특례를 받을 수 있는 회사이기도 해서, 어머니는 외삼촌들에게 부탁해 나를 남들이 그렇게 부러워했던 코리아타코마 직업훈련소에 들어갈 수 있게 조치해 주셨다.

직업훈련 기간은 1년이었지만 이론과 실기를 모두 할 수 있는 좋은 기회였기에 나는 군대를 가지 않겠다는 신념으로 특례자격 여건을 갖출 수 있는 용접을 선택해 열심히 1년을 다녔다.

특례병은 그냥 되는 것이 아니어서 자격요건을 갖추기 위해서는 남들보다 더 열심히 이론을 습득해야 했다. 다행히 열심히 한 덕에 자격시험에 당당히 합격했고 동기들보다 일찍 보조일에서 나와 선배들처럼 용접을 할 수 있는 자격이 주어졌다.

우리는 주로 병원선을 건조했는데, 나는 국산 소형 쾌속정을 건조하는 일을 맡아 매일 회사에서 살다시피 하며 일에 매달렸다. 내가 열심히 하는 모습을 보이자 관리자들도 나를 인정해 선배들과 차별 없이 대우해 주기도 했다. 그 사이 나 역시 당당한 기능인으로 성장할 수 있었다.

그러던 1979년 봄, 나와 작업자들이 오전 10시경 10분 휴식을 취하기 위해 건조 중이던 함정 갑판 위에 옹기종기 앉으려고 하던 찰나였다.

'꽝'하는 굉음이 들리면서 우리가 서있던 함정이 흔들렸고, 근처에서 마무리 중이던 상선에서 불길이 치솟아 오르는 게 보였다. 폭발의 위력으로 배 옆쪽 철판에 큰 구멍이 났고 페인트에 불이 붙어 배 전체가 활활 타올랐다.

방위산업체에서 큰 사고가 터진 것이었다. 그때만 해도 회사 안에 보안요원들이 주둔하고 있어서 신문이나 방송

기자들이 회사에 취재하러 들어오면 호되게 당하고 수첩, 카메라까지 모두 빼앗기던 시절이었다. 그러니 민간에서는 사고를 알리가 없었다.

하지만 사고 현장을 본 나는 엄청난 충격을 받았다. 사람 타죽는 냄새가 진동할 정도로 처참한 상황이었기 때문이다. 몇 명이 죽었는지 정확히 알 수도 없었다. 부서별로 파악된 인원이 몇 명이라는 말만 나돌았다.

사고 후에도 나는 선배들과 함께 보수 작업을 해야 했다. 설명할 수 없는 지독한 냄새며 동료들의 울부짖음이 며칠 밤낮동안 나를 따라다녔다. 지긋지긋한 며칠을 보내고 배를 수리한 다음 진수까지 한 후 나는 특례병이라는 신분에 회의감이 들었다.

몇 달만 지나면 특례병으로 군 생활을 할 수 있는 기회가 코앞에 있었지만 이렇듯 기계 이하로 취급받는 산업현장과 특례병에게 가해지는 인격 모독을 겪으며 더이상 버텨낼 자신이 없었다.

특례기간 5년 동안 이 지긋지긋한 일을 할 수 있는가, 나 자신에게 되물어보지 않을 수 없었다.

그렇게 짧은 방황을 하는 동안 마침 작업반장이 가장 힘들고 하기 어려운 작업을 내게 시켰다.

"개 같은 시키야! 왜 내가 이 일을 해야 해? 못해. 니가 해!"

한참 선배인 반장에게 동료들이 지켜보는 가운데 극하게 저항했다.

'그래. 차라리 내가 군대에 가고 말지.'

나는 한순간 화를 참지 못한 미친놈으로 낙인찍혔고 남들이 그렇게 부러워하던 회사를 그만두고 군대에 가야했다. 정말 모진 결정이었다.

시련은 끝나지 않아서 군입대 후 나는 힘들기로 명성이 자자했던 맹호부대 수색대대에 배정받아 군 생활을 했다. 군생활 역시 얼마나 혹독했던지 훈련 중 후배가 던진 화염병에 맞아 하반신에 심한 화상을 입기도 하고 신병 때는 삼청교육대 교육생들의 비인간적인 대우와 처절함을 가까이 보면서 인간이 얼마나 잔혹한 존재인지도 알게 되었다.

직업훈련소에서의 경험 때문에 나는 군생활에서 부당한 일은 절대 하지 않으리라 다짐했다. 고참이었지만 제대 3일 전까지도 보초를 서고 훈련도 똑같이 받았다. 장교들에게는 지나친 독종이라며 욕을 먹기도 했지만, 군기를 잡는

다는 명분으로 해오던 '빳다치기'도 내가 고참이 되어 끊었다. 그저 전우애로 똘똘 뭉쳐 함께 군 생활을 해야 한다는 생각이 내 머릿속을 지배했기 때문이다. 사실상 말은 쉽지만 쉽지 않은 일이기도 했다.

33개월 군 생활 동안 나는 수시로 내 자신을 돌아보면서 절대 신념을 저버리지 않겠다고 다짐하며 군 생활을 마쳤다. 하지만 그 또한 많은 전우들에게 모진 사람으로 비춰지지는 않았을까 돌이켜 본다.

2장

시근이 든 나

한국중공업에 입사하기까지

지금의 창원시 북면, 전형적인 시골에서 3남1녀 중 장남으로 태어난 나는 가내공업공장들을 전전하다가 외갓집 '빽'으로 마산수출자유지역 코리아타코마조선소 직업훈련원에 입소해 용접을 배웠다. 공돌이 인생의 시작이었다.

코리아타코마조선소는 그때만 해도 아무나 쉽게 들어갈 수 없었던 회사라 꽤나 어깨에 힘을 주고 다녔다. 코리아타코마조선소는 방산업체여서 잘만하면 병역특례를 받을 수도 있었다.

하지만 현장직 공돌이들에게 인권이란 개에게 던져주려 해도 없던 시절이라, 당시 병역특례 선배들을 보며 회의감을 많이 느꼈다. 인간 이하의 대우를 도저히 참을 수 없었던 나는 병특 대신 군대를 가겠다 작정하고 회사를 그만두었다. 승급하고 현장 배치 1년이 조금 넘은 시기였다. 그때는 이미 용접기술을 모두 익히고 난 다음이었다.

하지만 모두가 좋다고 부러워하던 회사를 그만두고, 80년 4월 군에 입대했다. 군대라고 쉬울 게 없었다. 이른바 데모 군번들 틈에 끼어 입대 후 처음 받은 훈련보다 더 혹독한 삼청교육대에 배치를 받았다. 삼청교육대 교육생을 감시하는 군병이었다.

사유야 어찌됐던 삼청교육대로 끌려온 교육생들은 하나같이 인간 이하의 대접을 받았다. 가까이서 목격한 인간의 잔혹함이란 끔찍하기 그지없었다. 신병 때 고참들로부터 받은 심한 구타와 기합, 삼청교육대에서 자행되는 인권침해 등을 겪으면서 나 자신은 절대 그런 사람이 되어서는 안 된다는 생각을 굳게 가지게 됐다.

가장 먼저 다짐한 게 고참이 되어도 후임자를 괴롭히지 말자는 것이었고, 선배에게 당했던 것을 후배에게 돌려주지 않으려고 했다. 그래서 나는 구타는 물론 욕설도 하지 않은 선임시절을 보낸 후 제대를 했다.

제대 후에는 사촌과 석산 사업을 함께 시작했지만 경험 부족으로 인한 사고가 생기는 바람에 손실만 보고 사업을 접어야 했다. 사업 실패로 좌절해 있을 때 만난 사람이 지금의 아내다.

아내와 결혼한 후 직장에 들어가기 위해 여기저기 쫓아다니다가 한국중공업(지금의 두산중공업)에 입사하기에 이르렀다.

노동의 가치를 처음 배운 날

1986년 12월, 콧김이 나올 정도로 추운 초겨울 어느 날이었다. 두 살 위 친구놈이 한국중공업에 취직한 걸 축하한다며 마산 한국전력 뒤 막걸리 집에서 술 한 잔 하자고 기다리고 있었다.

서로 술을 주고받는데, 친구가 대뜸 "내일 마산역 교회에서 노동교실이 있다는데 같이 가보자."했다.

본래 잔업을 빼기는 하늘의 별따기라 할 만큼 어려웠지만 이제 막 입사한 나는 신입이라 잔업이 없었기에 친구의 제안을 받아들여 그러자고 대답했다.

친구말대로 일찍 퇴근한 나는 호기심에 마산역 교회로 곧장 가보았다. 대략 스무 명 정도가 참석했지만 이름을 남겨서는 안 되는 시대상황을 감안해 각자 자기소개는 생략하고 강의를 시작했다.

첫 시간에 장명국 선생님은 "노동은 가치가 있습니다. 노동의 가치는 돈으로 환산 할 수 없을 정도입니다. 너무나 고귀하기 때문에 대가를 논하려면 인간으로서 존중받는 인권회복이 우선입니다."라고 말했다.

나로서는 제3자에게서 노동의 의미에 대해 처음 듣게 된 순간이었다.

모두가 숙연해졌다. 당시 만해도 전두환 정권 하에서 사업하는 경영진들은 새마을운동과 접목한 경영운동을 한참 벌일 때라 작업 전 정신 교육, 작업장 청소, 정리 정돈, 운동 등 30여분을 시켜도 누구 한사람 불평하지 않던 시절이었다.

그때 깨달았다. 혼자서는 안 된다는 걸 말이다. 우리에게는 조합이 필요했다. 하지만 내 주위에는 함께 할 사람이 없었고 굳이 찾으려 노력하지도 못했다.

다음 달에 다시 보자는 말을 듣고 우리는 헤어졌다. 그리고 다음 달, 다시 그곳에 갔다. 이번에는 장명국 선생님의 부인인 최영희 선생님의 강의가 준비되어 있었다. '노동조합의 필요성'이라는 제목의 강의였다.

노동조합은 여러 명이 모여 결성할 수 있다면 노동조합 결성의 요건, 절차 등을 자세하게 하나하나 가르쳐주었다. 창원공단에서 조합활동을 하는 노동자 한 분이 직접 찾아와 사례발표도 이어졌다.

한 달 후인 3월에 참석했을 때는 경남대 교수가 와서 '자본주의 시장경제와 사회주의 계획경제'에 대한 강의를 들었다.

나는 당시 교육을 받은 스무 명이 누구인지 여전히 알지 못한다. 교육을 받은 다음 어떻게 되었는지도 알지 못한다.

그렇게 세월이 흘러 1987년 6월 29일 노태우 대통령이 6.29선언을 하고 며칠이 지난 후 우리는 마산역 근처 YMCA강당에 모였다.

강당에 모인 100여명의 사람들 중 한 사람이 목소리를 높여 "신마산 노동청 해산데모를 하는데 우리도 참석합시다."하는 제안을 했다. 사람들은 일사분란하게 신마산 노동청 앞으로 향했다.

난생 처음 본 데모였다. 찢어진 천에 페인트로 쓴 "노동부 해체하라"는 깃발이 날리고 합판을 잘라 대충 못 박아 들고 나온 '노동해방'이 쓰인 피켓을 든 대학생으로 보이는 청년들이 많이 참석해 있었다.

주변에는 경찰들이 목창을 들고 수백 명 가량 서있었으며 집회를 열려고 하는 순간 여기저기서 뻥뻥 하는 소리와 함께 연기가 피어올랐다. 나는 그것이 최루탄이라는 걸 나중에 가서야 알았다.

너무 혼란스러웠고 냄새 또한 지독했다. 숨도 제대로 쉬지 못하고 눈물, 콧물 범벅이 되어 많은 사람들에 묻혀 나 역시 그곳을 도망쳤다.

나도 모르게 도착한 곳이 경남대학교였다. 난생 처음 와 본 대학이었다.

그날 나는 내 생애 처음으로 데모에 참여했고, 생애 처음으로 대학에 가보았다. 그것이 내 노동운동의 시작이었다.

1987년 6월 항쟁과 나

큰 회사만 다녔던 나는 중소사업장의 환경에 만족하지 못하고 직장을 옮기려고 알아보던 중 창원공단에서 가장 규모가 큰 한국중공업에 입사시험을 치르게 됐다. 대부분의 응시자들이 인맥을 통해서 오게 된 상황이었지만, 마침 시험관으로 나온 분이 예전 조선직업훈련소 교관으로 내 실력을 인정하던 분이어서 당당히 입사시험에 합격할 수 있었다.

나는 그렇게 1986년, 내 청춘을 다 바친 한국중공업에 입사하게 되었다. 한국중공업은 발전설비전문회사답게 130만평 대단지에 주조, 단조 가공 조립을 할 수 있는 세계 최고 굴지의 회사였다. 회사 직원만도 1만 명 가까이 되었으며 그 규모는 상상을 초월할 정도로 컸다.

회사 규모가 크다보니 생산 공장도 크게 7개 공장이 있었다. 나는 산업설비 철 구조물을 생산하는 공장으로 첫 출근을 하게 되었다. 현장 반장, 조장이었던 분들이 예전 같은 회사에서 짧게나마 함께 한 경험이 있는 선배님들이라 큰 어려움 없이 일을 시작했다.

출근하면서 부서원 전체가 한 곳에 모여 처음으로 임금 인상에 대하여 보고하는 자리였다. 사원 대부분이 용접 경험도 없이 인맥으로 입사하였고 기존 동료들 다수도 난해한 용접을 할 줄 아는 숙련공이 몇 되지 않았다. 그럼에도 고가를 잘 받으면 일당이 많이 오르는 구조에서 나와 같은 숙련공들은 자연스레 불만을 가질 수밖에 없었다. 심지어는 뒤에서 허드렛일을 하는 동료가 숙련공보다 더 많은 시급을 받는 웃지 못할 일도 있었다.

한국중공업은 1만여 명 종업원 중 4,800명이 조합원이었고 그 중에도 대졸사원, 대리급 여사원 1천여 명을 빼면 순수 현장 작업자는 4천여 명밖에 되지 않는 회사였다. 관리직이 더 많은 기형적인 제조업 회사였다.

거기에다 대졸사원은 출근시간이 한 시간 늦었고, 심지어 관리직 직원들의 식당은 식기, 식단, 식자재까지 모두 달랐다.

그럼에도 부당한 일이 당연시 되던 시대여서 누구라도 쉽사리 불합리한 것들을 따지지 못했다. 다만 말도 안 되는 결정을 어이없어하며 순간순간 그만두고 싶은 마음을 참는 수밖에 없었다.

게다가 내가 다닌 회사뿐만 아니라 대한민국 전 기업들에 차별이 만연했고, 이른바 고가점수로 임금과 진급이 결정되던 시대인지라, 다른 회사에 간다 해도 불만은 비슷하리라 생각했다.

이렇듯 1986년도 임금인상 보고는 모두가 만족할 수 없는 지경에 이르렀지만, 또 참고 회사를 다니며 열심히 일을 해야 했다.

그때는 아침 7시 30분까지 출근해도 퇴근은 늘 밤 9시에 했다. 작업 시작시간이 오전 8시지만 7시 30분까지 집합해 구보, 체조를 하고 청소까지 하고나서 현장에 들어가 일을 시작했다. 휴일은 아예 없고 추석, 음력설 외에 쉰다는 건 상상도 못할 때였다. 한 달을 기준으로 철야를 7~8일 이상 하는 게 일상이었다. 500여 시간을 회사에서 일해야 했다.

심지어 아버지 제삿날에도 밤 9시까지 근무하고 퇴근해야 했다. 지금처럼 개인 승용차도 없을 때니, 고향집에 도착하면 밤 12시가 가까워지고는 했다.

그러다 1987년 6.29선언으로 세상이 변했다는 걸 직감했다. 번번이 좌절됐던 현장 선배들의 노동조합설립도 7월 들어 급물살을 탔다. 마산시내에서는 매일 같이 데모가 일어났고 누구라고 할 것도 없이 적극 가담하는 일이 상식이 되었다. 드디어 7월 25일 한국중공업에도 노동조합이 결성됐다.

모두가 하나가 되어 자연스럽게 파업이 결정됐고 정문에 집결하게 됐다. 너무나 가슴 벅찬 나날이었다.

파업도 며칠째 이어졌다. 몇 년 근무하지는 않았지만 상대적으로 불만이 많았던 나는 자연스럽게 남들보다 과격하게 앞장서서 나아갔다.

"임금협상 다시 하라."

"짬밥 차별 반대한다."

"인간답게 살고 싶다."

목이 터져라 외쳤다.

노동조합은 필요했다

그날도 여느 아침처럼 '1분만 더….'를 중얼거리며 버티다 집사람의 성화에 못 이겨 통근버스에 올랐다. 현장직사원인 우리는 '을사원'으로 분류되어 사무직 사원들인 '갑사원' 보다 1시간 일찍 출근을 해오고 있었다.

통근버스가 정문에 다다랐을 즈음 사람들이 삼삼오오 서있는 모습이 눈에 띄었다. 평소에는 볼 수 없는 모습이었다. 뭔가 곧 일이 터질 것 같은 예감이 들었다.

"어용노조 몰아내자! 어용노조 몰아내자!"

밖에서 들려오는 소리에 버스 안에서 "어용노조가 뭔데?"하는 말이 나왔다. 어용노조라는 말을 처음 들어본 우리로서는 궁금할 수밖에 없었다.

우리는 통근버스에서 내려 줄이 세워졌다. 그리고는 곧 생전 보지도 못한 타부서 사원들과 뒤엉켜 금세 4, 5천 명의 무리를 만들었다. 누군지도 모를 리더의 말에 현장직 사원들은 일사분란하게 움직이기 바빴다.

타겟은 본관 총무부와 인사부였다. 그동안 회사를 좌지우지하던 부서 사원들이 우리를 보자 달아나기 바빴다. 현장사원들은 이들을 쫓아다니며 린치를 가하고 책상을 부수는 등 영화에서나 볼 법한 장면을 연출했다. 승리의 함성과 박수가 넘쳐났다.

우리는 순식간에 '동지'가 되었다. 동지라는 말의 의미를 생각해보지도 않은 채 너무나 쉽게 동지들이 생긴 셈이었다.

다음날 출근을 하니 정문에 대형 추레라가 나와 있었고, 전날 밤을 꼬박 샌 듯한 사람들이 여기저기 쪼그려 앉아 있었다. 그리고 "어용노조 물러가라.", "임금인상 다시 하라.", "노동조합결성!", "인간답게 살고 싶다!"라고 적힌 현수막이 공장 여기저기 걸려 있었다. 현수막의 글귀 하나하나가 모두 가슴에 와 닿았다. 이것이 노동조합의 힘이구나 싶었다.

이때 정문 앞에 마련된 단상으로 한 사람이 올라와 사람들을 선동하기 시작했다.

"한사람도 정문을 들어오지 못한다."

갑사원에 대한 원천봉쇄의 의미였다.

이때까지만 해도 갑사원 즉 사무직 사원과 현장직 사원인 을사원은 1시간이나 출근시간에서 차이가 나고 식당도 분리되어 마치 주인과 머슴처럼 극과 극의 대우를 받고 있었다. 을사원은 직위가 무엇이든 갑사원의 말에 무조건 복종해야했고 웬만한 일로는 퇴근시간을 앞당길 수도 없었다. 인간다운 대우는 어디에서도 찾아볼 수 없었고, 이런 부당한 대우가 매우 당연하게 받아들여져 왔었다. 그럼에도 갑을사원 누구도 이를 두고 부당하다 말하지 않았다. 설사 속으로는 불만이 있다하더라도 이를 전혀 밖으로 표출할 수 없던 시절이다.

하지만 상황이 뒤바뀌자 을사원들은 갑사원들을 상대로 그동안 쌓아두었던 감정을 한꺼번에 터트렸다.

이 과정에서 이전에 노동조합을 결심했거나 관심을 가졌던 사원들이 리더가 되어 나머지 현장사원들을 주도하는 현상이 나타났다. 대중 앞에 용기 있게 나서서 똑 부러지게 말하는 그들을 모두가 믿고 따랐다. 그들은 우리 모두의 리더가 되었고 우리는 리더의 말이라면 죽는 시늉까지 할 정도였다.

현장직 사원들이 조직적으로 행동하자, 회사의 조직 라인은 하나 둘 무너져 내렸다. 또 대다수 현장직 사원들의 연령이 30대 초반 정도이다 보니 모두 열정적이고 혈기왕성했다. 이들은 3~4일씩 집에 들어가지 않고 회사에 머물렀는데, 가족들이 옷이며 먹을 것을 챙겨왔다가 자연스럽게 대열에 합류하기도 했다.

1987년 따가운 7월의 태양 아래에서 노동자들은 그동안 짓눌리고 핍박받았던 설움을 원 없이 토해내고 있었던 것이다.

며칠 후 밤샘 투쟁을 한 현장직 사원들 앞에 커다란 신문 뭉치가 배달됐다. 우리는 신문을 하나씩 차례로 받아들고 기사를 읽기 시작했다. 신문에는 전국 노동자들이 일제히 밖으로 쏟아져 나와 거리투쟁을 하고 있다는 내용의 기사가 실려 있었다. 특히 우리가 속한 창원공단의 경우 중공업 위주의 대규모 사업장인 까닭에 훨씬 더 과격하고 투쟁적이라는 사실을 확인할 수 있었다.

신문에 보도된 대로 사태는 걷잡을 수 없이 커져갔다. 개별 회사가 대응할만한 수준을 넘어선 것이었다. 노동자들은 사외투쟁에 합류하기 위해 논의를 이어갔고, 누군가의 선동연설에 모두들 박수를 치며 환호했다. 우리는 모두 하나가 되어 창원으로, 마산으로 몰려다녔다.

길을 가던 시민들 또한 노동자들의 시위에 박수를 보냈다. 시민들의 응원은 우리를 더욱 들뜨게 만들었다. 시민들의 지지를 받는다는 데서 오는 승리감과 희열은 이루 말할 수 없이 컸다. 나라를 구한 기분이 이런 것이었을까.

일주일이 지나자 요구사항은 매우 구체적인 구호가 되어 사람들의 입을 통해 퍼지기 시작했다. 그 사이 부서단위 점검이나 토의 등도 조직화되기 시작했다. 흥분됐던 분위기는 한층 안정되었고, 회사와의 협상도 급물살을 탔다.

그즈음 처음으로 사장이 나타나 추레라 단상에 올라와 연설을 했다. 사장이 연설을 끝내자 곧바로 협상팀이 구성되어 공식적인 협상이 시작됐다. 결국 회사는 우리의 요구사항을 상당부분 들어주었고, 노동자들은 그토록 바라던 노동조합이라는 조직을 갖게 되었다.

알아들은 말은 '수주'밖에 없었던 임단협

임단협(임금단체협상) 교섭장에서 있었던 이야기다. 교섭장으로 쓰인 곳은 본관 12층 대회의실이었다. 평소 회사 고위직 임원들이 회의하는 장소였던 만큼 시설이 아주 좋았다. 100평 남짓한 넓은 회의장에 테이블마다 마이크가 연결되어 있었고 바닥에는 보라색 카펫이 깔려 있어 현장 사원에게는 매우 낯설게 느껴졌다. 어찌나 깨끗했는지 가끔 정회시간이나 휴식시간을 활용해 카펫 위에 신발을 벗고 누워 쉬기도 했을 정도였다.

그날은 회사가 경영현황을 설명하는 날이었다. 10시부터 회의를 시작했는데, 회사 담당자가 앞쪽에 설치된 대형 스크린에 영사기를 비춰 여러 숫자를 보여주면서 수주, 매출, 영업이익, 미회수채권, 경상이익, 당기순이익, 대손충당금, 파생상품손실분 등을 이야기했다. 안타깝게도 귀에 들어온 단어라고는 '수주'밖에 없었다.

단위가 만 단위라 숫자를 제대로 읽지도 못하겠고, 결국 노트에 받아 적은 것이라고는 아라비아 숫자 몇 개뿐이었다.

담당자의 설명이 끝나고 정회시간이 되어 모두들 대기실에 모였다. 회의내용에 대해 아무 말도 하지 못했다. 설명 자체를 알아듣지 못하는데 질문이야 할 수 있을까. 묻지 못하는 게 당연한 이치였다.

노조측 교섭위원 중 한 사람이 침묵을 깨고 "뭐라 하더노. 피로 보여주는 거 도대체 뭔데?"하고 말문을 뗐다. 그가 말한 피(P)자로 시작되는 것은 다름 아닌 프로젝터였다. 프로젝터란 단어조차 모르고 있었으니 기가 찰 노릇이었다.

여차저차하여 논의한 결과는 "모르겠다."였다.

"뭐라고 하는지도 모르고 믿을 수도 없다."

아주 정답이었다. 그동안 현장에서 죽어라 일만했던 일꾼들이 노동조합을 만들고 이제 겨우 3년 남짓 되었는데 경영이나 경제용어를 알지 못하는 건 지극히 당연한 일이었다.

회사 담당자는 복잡한 경영현황을 설명하면서 비밀유지를 이유로 문서 배포조차 하지 않았다. 스크린에 띄워진 화면만 보면서 설명을 듣다보니 화면이 바뀌면 앞장의 내용도 곧 잊어버려 제대로 알기가 어려웠다.

속절없이 듣고만 있다가 정회시간에 화장실에 갔다. 왠일인지 그날따라 사측 교섭위원 화장실을 이용하게 되었다.

급하게 용변을 보고 있는데 두 사람이 들어왔다.

"무식한 새끼들! 알아듣지도 못하고 큰일이네."

"그러게. 저 따위 새끼들이 조합 간부랍시고."

분명 A이사와 B전무의 목소리였다.

순간 나는 등골이 오싹했다. 어쩌면 그들 입장에서는 당연한 말이었다. 나는 볼일을 마치고도 한동안 밖으로 나오지 못하고 그대로 멈춰 있었다.

뭐라 할 말이 없었다. 못 배워서 현장사원이고 배우지 못해서 알지 못하는 걸 어떻게 해야 하는가.

그해 임단협에서 우리는 "모르겠고 아무튼 해주소." 이 말밖에 딱히 할 말이 없었다.

다시 공부를 하게 된 이유

빨리 끝났으면 하는 마음 밖에 없었다. 그리고 다짐했다.

'그래, 공부하자. 제대로 알 때까지는 조합간부 안한다.'

공부하자고 굳게 다짐한 나는 고졸 검정고시를 만 2년 만에 합격해 야간대학에 진학했다. 전공은 경영을 택했다. '회사의 대차대조표 정도는 볼 줄 알아야지.'하는 생각이 너무나 절실한 까닭이었다.

돌이켜보면 임원 화장실에서 들었던 그 말이 결국 내 자신을 되돌아보게 했다. 노동조합 간부라면 최소한의 지식은 반드시 갖추어야 한다는 생각은 지금도 변함이 없다. 현재는 회사가 일 년에 몇 차례씩 경영현황을 발표 · 설명하고 그때마다 설명 자료를 덧붙여 주기 때문에 당시처럼 눈앞이 캄캄할 정도는 아니다. 그럼에도 많은 노조 간부들이 사측이 제공하는 '숫자'를 제대로 이해하는지는 의문이다.

대학교를 졸업하고 석사과정까지 마쳤을 때 나는 동료 간부들보다 조금이라도 더 알고 있다는 사실이 부담됐다. 혹여 말실수라도 하지 않을까 조심스러웠고, 회사 돌아가는 사정을 더 잘 이해하다보니 내 의견이 사측의 입장에 가까운 건 아닐까 의심도 들었다. 하지만 박사과정을 절반 이상 마쳤을 때는 내 의견에 확신이 생기고 남에게 속지 않을 자신도 생겼다.

그러다보니 여전히 과거의 관습에서 벗어나지 못한 노조 활동가들을 볼 때면 답답하기 그지없다. 계파적 관점에서 '기회주의'니 '어용'이니 하는 말들을 생각 없이 해대는 사람은 측은하기까지 하다.

노조설립 과정에서 이야기한 것처럼 사업장 내에서 관리직 대졸사원과 현장 생산직사원 간 격차는 단순히 많이 배운 사람과 적게 배운 사람으로 분류되는 것 이상으로 큰 차이가 있었다.

현장 생산직 사원들은 모든 부분에서 차별을 받아야 했다. 출퇴근시간, 밥 먹는 시간, 근무환경, 기타 복지시설, 부대시설에 대한 이용권리, 급여 등 어느 것 하나 같은 게 없었다.

회사는 현장 생산직 사원에게는 늘 일방적이었으며 때로는 강압적인 지시를 내렸다. 상황이 그렇다보니 근로기준법이나 노동관계법은 무용지물이었다. 설사 사용자들이 법을 어겼더라도 전혀 문제되지 않았다.

그러니 부당한 대우를 받으며 오랜 기간 억압당한 현장직 사원들이 사측에 저항하고 조직화한 것은 매우 자연스러운 현상이었다. 비록 노동자의 희생이 산업발전의 원동력이었다고는 해도 조합운동을 탄압해 온 까닭에 노동조합 설립에 대한 요구는 더욱 절박할 수밖에 없었다.

이런 마음에서 다시 시작한 공부이기에 쉽게 그만둘 수 없었다. 내가 공부를 하겠다고 결심한 이후 단 하루도 빠지지 않고 꼬박 10년을 공부해 박사과정을 마치게 된 이유다.

47파업 일기(1)_ 2002년 6월 19일

전면파업 18일째 되는 날이다.

본관을 점거한 후 처음으로 본관 근무자들 중심으로 관리직 사원들의 파업중단을 촉구하는 시위가 있었다. 리더의 구호에 따라 구호도 외치며 때로는 철책 너머에 있는 조합원들에게 야유를 보내는 이도 있었다. 그들은 조합원들이 막고 있는 회사에는 들어가지 못하고 도로의 두 차선을 따라 몇 백 미터를 30~40분가량 시위를 하며 지나갔다.

중식을 먹고 사수대에서 토론을 제안해왔다. 토론장에는 사수대, 대상을 비롯하여 여러 책임자들을 포함, 대략 150여명이 모였다. 노동조합에서는 직대와 사무장인 내가 참여하였다.

"언제까지 이런 식의 파업을 이어가야 합니까?"
"대안이 있습니까?"
"이미 지도부 1사수대까지 포함하여 다수가 고소고발 되었는데 대책이 있습니까?"
"언젠가는 결론이 날 것인데 누가 책임질 것입니까?"

질문이 난무했다. 그 시각 회사는 선무활동을 본격화하며 현장에 있는 많은 조합원들이 빠져나가도록 했다. 이 사실을 알게 된 사수대가 동요하기 시작한 시점이었다.

"누가 어떻게 이야기하던 언제 마무리되던 그 책임은 지도부가 집니다. 책임지겠습니다."
"어떻게, 무슨 책임을 진다는 겁니까?"
"모든 부분에 책임은 집행부가 책임을 집니다. 책임지겠습니다."

같은 말을 반복하는 지도부의 답변은 너무나 원론적이고 무책임하기 짝이 없었다. 이후 이어진 지도부 회의에서는 사수대의 심적 동요에 대한 회의를 진행했다.

참고로 말하자면, 지도부 회의에는 민주노총 도본부임원, 금속본조임원, 지부임원, 지회임원, 지부부장들이 매일 천막 농심장(대원농장)에 모여 논의를 이어갔다.

참석자 전원은 이러한 상황을 염려하고 회사의 선무활동이 예상보다 집요하고 효과가 눈에 뛰게 나타남을 인식했지만 염려하는 말 외에 누구도 대안을 제시하지 못했다. 회의에 참여했던 나 역시 문제점에 대해서만 말할 따름이었다.

그날 저녁, 회사가 추가 출입을 허용해 줄 것을 요청했다. 재무 쪽 실무자 몇 명을 출입시켜 달라는 것이었다. 사수대가 본관을 점거하고 있고 각 문을 조합원들이 지키고 있어서 조합의 출입허가 없이 출입은 불가능했다.

다행히 출입허가를 사무장인 내가 하고 있어 재무 쪽 근무자 3명에 대한 출입허가서를 발부해 주었다. 물론 이 부분에 대해서도 말이 많았다. 왜 자꾸 출입을 허용하느냐며, 출입하는 사람이 늘어나는 것에 대한 반발이었다. 전체 허용인원이 특수 사업부를 빼고 고작 6명 그것도 총무부 사람들이 다수였는데 불만인 것이었다.

47파업 일기(2)_ 2002년 6월 23일

아침 일찍 간부들은 비상이 걸렸다. 각 공장 부서들이 조합원들을 밖에서 모으고 있다는 정보를 입수하고 해당 장소에 보내기 위해서다. 이미 다수의 조합원들이 그곳에 와 있었다. 일부는 조합간부를 보며 숨기도 했고 그곳에서 해산 후 회사로 오기도 했다. 하지만 회사의 선무활동에 의해 절대 다수의 조합원들이 우왕좌왕하기 시작한 시점이었다.

이미 지도부에게는 체포영장까지 발부된 상태였다. 조합비 압류, 개인급여 압류설 등 회사의 대응은 더 강력했고 집요했다.

사수대의 2차 토론이 있는 날이었다. 말이 토론이지 지도부의 성토장이었고 사수대가 이탈하고 분열된지 2일째 되는 날이었다.

당시 집행을 맡았던 집행부와 새탑회 회장 김이환이 정치로 치면 당정회의를 열었다. 회사의 압박이 심화되는 상황에서 하고자하는 일들이 제각각 다르니 지도부의 전술변화를 요구해왔다. 나 역시 동의하며 파업을 지휘했던 부지회장에게 회의 요구와 함께 내 개인적인 생각을 더해 요청안을 전달했다.

나는 "이미 지도부를 포함 사수대, 대의원, 일부 조합원까지 고소 고발됐고 하루에 한 번씩 회사 관리직사원의 시위로 조합원들과 부딪혀 서로 구타하고 그로인해 쟁의와 폭력사태로 번지면 파업 종료 후에도 문제가 심각하다."고 자체 종결을 요구 했지만 수석 부지회장 역시 금속노본조위원장의 강경입장에 어떻게 할 수가 없었다.

결국 나는 "회사가 고소고발한 내용만으로도 지도부 대량구속 처리는 불가피하지만 이런 식의 돌발사항이 계속되면 노동조합은 끝난다. 현재 시점에서 전술변화가 없어 이미 지도력이나 집행능력을 상실했으니 무책임하더라도 노동조합과 조합원들의 피해를 최소화하기 위해 사퇴하자."는 정말 내뱉기 싫은 말까지 하고 말았다. 예상한대로 쟁의부장을 비롯해 몇몇은 부지회장의 직접 지시를 받기에 내가 하는 말에는 전혀 동의하지 않았다.

매일 시간을 정해서 나타나는 관리직 사원들과 서로 몸으로 부딪히는 것을 넘어 부상자가 속출하는 극단적인 상황까지 전개되다보니 더 이상 이성적인 사태 수습은 불가능했다.

거기에다 전무(본부장)가 사수대, 집행간부와의 몸싸움에서 다쳐 다리를 절고 얼굴에 상처가 생길만큼 생채기가 났으니 어떻게 노나 사가 이성적으로 마무리 할 수 있겠는가. 그나마 회사와 통화하고 만나던 사무장조차 만남을 꺼려했고, 회사는 끝까지 응징한다는 말만 되풀이하였다.

조합비가 압류 당할까봐 현금을 차에 싣고 이리저리 옮겨 다녔고, 사무장, 총무부장, 그 외 모든 상무집행 위원들이 고소 고발됐다. 핵심 지도부는 사전 체포영장이 발부된 사람들인데도 사태의 심각성을 전혀 인식하지 못했다. 오히려 일부는 체포를 핑계로 회사를 벗어나 근교에 있는 유명산을 산행하는 등 노동조합의 앞날에 대한 염려는 조금도 찾아 볼 수 없었다.

한편 파업을 부추겼던 조직들은 시간이 지날수록 회사가 보인 태도의 심각성을 인식했고 핵심활동가들 역시 눈에 띄게 행동을 자제하기 시작했다. 회사의 선무활동에 의한 조합원들의 이탈은 며칠사이 노동조합이 더 이상 버틸 수 없는 지경에까지 몰고 갔다.

"이제 정리는 어렵다. 아예 잠수타거나 잠깐 얼굴 보이고 사라지자."

"미래 회원은 이후를 위해 몸조심 시켜야 한다. 우리 편 희생은 더 이상 안 된다."

"잘됐다. 새탑회 개판되면 우리만 좋아지는 것 아이가. 걸린 놈들 다 집에 보내야 된다."

차마 듣고 있지 못할 심한 말들을 여러 곳에서 들었다. 이렇듯 첨예하게 노사가 대립할 때 한쪽은 집행부 집권을 염두에 두면서 다른 조직의 몰락을 부추기고 있었던 것이다.

누구를 위해 투쟁하며 누가 책임지고 수습할 것인가에 대해서도 서로 미루고 눈치만 보면서 수 날을 보내고나서 결국 중재단을 꾸려 '김창근에 의한 김창근을 위한 파업'

은 항복보다 더 못한 결과로 막을 내렸다.

18명의 해고, 130명의 징계, 800여명의 시간공제, 지도부 구속, 벌금 등 후유증은 말로 표현하기 힘들만큼 심각한 것이었다. 그럼에도 누구하나 이 사태에 대해 반성하지 않았다.

오히려 해고되고 구속된 이들은 더욱 기세 좋게 당당했다. 건전하고 비판적인 생각과 반성하는 마음을 가진 회원들은 해고된 이들에게 주눅 들었다. 이로 인해 자연스럽게 편이 갈라지고 서로 멀어지는 참담한 현실만 남게 되었다.

무엇을 얻으려고 투쟁했으며 얻은 것은 무엇인지, 투쟁 중 잊어버린 것은 무엇인지조차 이야기하지 못하고, 서로 간의 상처만 남긴 긴 싸움의 끝에는 불신과 증오, 갈등만 남은 것이다.

그들의 이중성에 치를 떨뿐 나 역시 할 수 있는 일은 없었다. 내가 옆에서 본 그들은 동지애나 희생으로 포장한 채 오로지 개인의 영달과 출세를 위해 활동했다. 철저한 위선자들이었다.

이것이 조직의 실상이고 활동가들의 참 모습이다. 그렇게 해서 '47파업'은 노동조합에 씻을 수 없는 상처만 남기고 종결되었다.

대기업 중심의 금속노조 전환은 태생부터 문제점을 안고 있었다. 전혀 준비되지 않고 계파 간 갈등과 자리싸움에만 올인한 금속전환은 현실과 너무나 동떨어진 활동 및 잦은 파업선언 등으로 조합원의 외면을 받기도 했다. 일부이기는 하지만 금속노조를 탈퇴하는 조직이 생겨나 민주노총까지 흔들리게 만들었다.

지금도 금속노조산하 대기업 사업장의 무분별한 파업 정치구호는 절대 다수 국민들로부터 외면당하고 있다. 만에 하나 보수정권이 들어선다면 완전 수세가 될 것이다.

하루빨리 이성적 사고로 복원하지 않으면 수년 내로 금속노조도 민주노총도 사면초과에 내몰릴 것이다.

47일 파업의 교훈

처음에는 파업을 하는 목적이 임금인상, 제도개선, 복지 증진, 노동환경 개선 등이었으나 파업이 진행되면서 서서히 감당할 수 없거나 쉽게 줄 수 없는 것까지 요구하게 된다. 이를 합리화하기 위해 노동조합은 더 강한 투쟁 방법을 동원하거나 정치적 구호를 외치면서 조합원들의 실질적 혜택과는 먼 것들도 이슈화하기 시작한다.

그 중 하나가 산업별 노조 결성이다.

이론적으로는 산업별 단일 노조가 된다면 노사 모두가 소모적 논쟁을 줄일 수 있고 안정적 노사 관계를 추구할 수 있다고 본다. 하지만 대기업 위주인 민주노총의 조직 특성과 회사별 임금, 복지의 차이 등 우리의 노동구조는 산별노조를 시행하고 있는 유럽과는 매우 다르다.

회사별로 너무 큰 차이가 있고, 그로인해 사회적 합의를 이루기 어렵다는 점 등 산업별 단일노조로 갈 수 없는 상황에서도 '이상'만 가지고 실행에 옮겨 금속노동조합이 결성됐다. 그럼에도 금속노조와 금속노조에 가입한 대기업 사용자 단체가 단 한 번도 한 자리에 앉아 협상해보지 못한 사실을 기억해야 한다. 애꿎은 중소사업장 대표들만 강압에 못 이겨 협상에 임했을 뿐 노사 모두 힘없는 중소사업장에게 물리적, 시간적, 경제적 부담만 가중시키는 활동을 이어 가고 있다.

현재의 대기업 사업장 중심 노동조합 활동이 가장 작은 단위의 협력사에게도 혜택이 갈 수 있는 활동으로 자리 잡고 대기업, 중소사업장 간 임금, 복지 등이 좁혀질 때 산업별 단일노조도 제대로 자리 잡을 수 있다.

금융과 같이 각 사업장별 임금 복지 등이 유사한 경우 요구조건 등에 쉽게 통일된 안을 만들고 차별적 활동을 하지 않아도 가능하다.

금속의 경우 대기업 사업장과 중소사업장의 관계는 대

다수 중소사업장이 1, 2차 협력사 관계로 되어 있는 구조에다 임금 격차는 약 2.5배 이상 나거나 더 심한 경우도 있다. 원청 사업장의 임금인상이 협력사 단가를 내리는데서 기인하는 현재의 구조를 이어 가는 한 금속노조의 단일 교섭은 난센스다.

과연 활동가들이 이것을 모를까.

산업별 노조 구성은 대기업 활동가들의 거만한 권력적 사고에서 나온 것이다. 저급한 행태를 가리고 유럽식 단일 노조를 하겠다는 이상을 고집하는 것은 철저한 정치 선동이며 구호이다.

사회적 합의가 가능하려면 사업장 내 협력사 직원에게 같은 노동자라는 의식을 가지고 같은 혜택, 같은 노동조건이 될 수 있게 대기업 노동자 스스로가 양보하고 배려해야 한다. 스스로 권력의 야욕에서 벗어나 처음 노동조합 활동이 시작됐을 때의 마음으로 돌아가야 한다. 당시 관리직 직원들에게 차별대우를 받았던 그 시절을 기억해야한다. 지금 대기업 노동자들은 중소사업장 노동자들을 차별하고 있지는 않은지 스스로를 되돌아보아야 한다.

가장 먼저 대기업 사업장 중 한국중공업이 금속노동조합으로 조직형태를 변화시켰다. 며칠을 규약, 규정을 만들기 위해 머리를 맞대고 노력했지만 결국 어정쩡한 규정을 만들 수밖에 없었다.

대표적 실패규정이 대기업 사업장의 지부 인정 문제다. 대기업 중심의 지부인정은 3번의 규정 위반을 어겼지만 20년이 넘게 지속되고 있다. 조합비 배분이 3:2:5 부조, 지부, 지회로 나눠지는 구조인데 대기업 사업장이 자신들의 혜택을 내려놓기는 어렵다.

한국중공업 노동조합이 제일 먼저 금속노조로 조직형태를 전환하고 우리 사업장 출신 지회장이 금속노조 위원장으로 선출되어 가버리자, 수석부지회장이 권한대행을 맞아 조합을 운영하였다.

결국 단위 사업장 출신 금속노조 위원장이 핵심 사업을 해야 하는 지경에 이르렀다. 금속노조 인정·중앙교섭 참여 지부집단교섭이 주 핵심 요구사항이었고 중앙교섭을 지부집단·교섭참여를 관철하기 위하여 파업을 시작하게 되었다.

조직형태 변경을 한 첫해라 조합원들도 금속노조에 대한 확신이 없었다. 사업의 정당성에 대해 점검하지 못하고, 연대감도 생기기 전 일부 간부들만의 이상과 금속노조의 지침에 따라 파업이 시작됐고 그 후 며칠이 지났다.

결국 회사도 임금인상과 제도개선으로 임단협을 마무리하고자 나름 성의 있는 안을 준비하고 있었으나 금속노조 인정에 대한 내용이 더해져 상호 물러날 수 없는 지경에 빠지게 되었다.

파업이 지속되자 일부 조합원들은 요구사항을 단위 사업장에 맞게 수정할 것을 요구하기도 하고, 교섭 형태 변경에 따른 불만도 토로하게 되었다. 급기야 정문 봉쇄 파업에 돌입하게 되었다.

처음 며칠은 파업 데모가 많았으나 날이 갈수록 파업 데모는 줄어들고 타 조직 위주로 교섭형태 변경을 요구하며 노골적인 불만을 조장하게 되었다. 회사는 물량반출을 빌미로 여러 곳에서 조합원 특히 간부들과 몸싸움을 하며 격하게 부딪혔다.

결국 민주노총 경남본부가 파업현장으로 달려와 지휘, 조언을 하기 위해 파업에 참여하고 금속노조 경남 지부장이 쟁의를 사실상 이끌어가는 꼴이 되고 말았다. 파업이 30일을 넘기며 무노동 무임금이 조합원들을 옥죄었고 파업 동력은 급격히 저하되었다.

회사는 고소고발 조합간부들에게 손해배상청구 등 압박의 수위를 더 높게 가져갔다. 노사가 물러날 수 없는 지경에까지 이르게 된 것이다.

민주노총 경남본부, 금속노조 경남지부 관계자들이 대거 파업현장에 투입되어 파업 동력을 살리고자 노력했지만 쉽지 않았다.

매일 대운동장에 텐트를 치고 투쟁본부 사무실을 만들고 회의를 했다. 지금까지 노사 상호간 입은 피해가 막대해 파업을 지속하는 데는 한계를 보였음에도 파업을 끝내는 것 또한 쉽지 않았다.

파업지속이 어렵다는 건 민주노총이나 금속노조도 인식했지만 누구하나 파업 종료를 위한 교섭 이야기는 꺼내지 못했다. 정치적 부담을 지지 않기 위해 서로 눈치만 보고 시간만 보내는 지경이 된 것이다. 이게 상주단체의 조종성이고 무책임함의 표본이 아니라면 무엇일까.

회사는 여러 경로를 통해 파업에 대한 책임을 묻겠다는 것을 분명히 했다. 회사는 예년과 같이 적당한 시기에 교섭으로 마무리하려 했던 안건들을 모두 접어버렸고 노동조합 압박에 모든 에너지를 쏟았다.

매일 관리직을 동원해 물량반출을 시도했고 예상대로 손해배상액 청구와 대량 해고가 현실화되고 있었다.

이렇게 모진 파업은 47일 동안 이어졌고 상부단체 누구도 이에 대한 책임을 지지 않았다. 파업으로 인한 후유증은 고스란히 지회 간부들에게 전가되었다. 결과론적으로 민주노총, 금속노조는 권한 행사만 하고 결단성 없이 지지부진 끌려가다 지회만 책임을 다 지는 더러운 꼴이 되고 말았다.

30명 해고, 180억 손배소란 말이 들렸다. 이미 2명은 구속된 상태였다. 수년전 구속자 뒷바라지를 해본 나는 해고자들에 대한 뒷바라지를 하는 일이 얼마나 어려운 일인지를 알고 있었다.

노동조합은 초토화됐고 새탑회도 와해되기 직전이었다. 수습을 해야겠다는 강박감과 피해를 최소화해야겠다는 사명감에 내가 할 수 있는 모든 걸 해보았다. 무릎 꿇고 빌기도 수차례, 눈물로도 애원하고 용서를 빌었다. 다행이 해고자 수는 어느 정도 줄일 수 있었다.

너무 참혹하고 힘든 나날이었다. 내 머리에는 상부단체 임원이라는 책임감과 이토록 상황을 극단적으로 만든 이들에 대한 원망만이 크게 남았다.

그들의 무책임에 대한 자각만이 47파업으로 유일하게 얻은 것이었다.

배달호 분신사건과 활동가들의 이중성

47파업의 후유증은 급여 압류, 징계로 끝나지 않았고 개개인의 집에까지 영향을 미쳤다.

"회장님! 달호 형님이 노동자 광장에서 분신했습니다."

통근버스 안에서 다급한 목소리가 누군가 내게 말했다. 차에서 내려 그의 죽음을 보고 있노라니 아무 말도 떠오르지 않았다. 아무것도 할 수 있는 일이 없었고 추운 날씨에 밖에 서서 그냥 벌벌 떨고만 있었다.

그러다 정신을 차려 유서가 있는지 확인했다. "악랄한 두산" 이렇게 시작된 유서를 보는 순간 눈앞이 깜깜했다.

집행을 마치고 현장에 복귀하여 '이제 열심히 일만 하면 되겠지.' 하면서 47파업에서 보고 느낀 것들에 회의적인 생각만 하면서 나날을 보내던 중 벌어진 일이었다.

해고자들을 애써 못 본 척 해야 겠다고 마음먹은 터였는데 배달호 형의 죽음은 너무나 혼란스러웠다. 어떻게 처신을 해야 할지도 몰랐다. 당시 나는 새탑회라는 조직의 회장직을 맡고 있었고 다수가 해고되어 밖에 있는 터라 감당하기가 쉽지 않았다. 마침 수배 중이던 금속노조위원장 김창근이 우리 현장 출신이었고 배달호 형과 가까운 지인이란 소식을 접했다. 그런 연유로 그가 일찍 현장에 오게 되어 대책위가 구성되고 대책위와 지회 중심으로 사고 수습이 진행된 터라 나는 고인을 지키는 천막 근처에서 지내게 되었다.

마침 대통령 선거가 막 치러지고 취임하기 전이라 당시 노무현 정부에서도 관심을 가지고 지켜보고 있었기에, 쉽게 마무리될 것으로 생각했지만 며칠이 지나도 크게 변함이 없었다.

나는 월차를 내고 시신 근처 천막에서 하루하루를 보냈다. 결국 27일이 넘어가면서 연차를 모두 소진하고 휴직까지 하며 시신을 지키는 일만 했다.

온갖 유언비어가 난무했다. 시신을 찾기 위해 경찰이 투입된다는 말에 전국노동조합 활동가들이 돌아가며 시신을 지키기로 연대했지만 그런 일은 벌어지지 않았다. 한 달이 지나가자 내가 속한 새탑회 회원 외에 다른 조직들은 아무도 함께 해주지 않았다.

시신을 사수하려는 숫자도 갈수록 줄어들었고 자체적으로 할 수 있는 일은 하나도 없었다. 해고자들은 노동자 광장 무대 옆에 천막을 치고 단식 투쟁에 들어간다고 선언하고 단식에 돌입했다. 시신 옆에는 평소 배달호 형과 절친했던 김건형이 혼자 아사 단식을 시작했다.

며칠이 지났을까. 단식투쟁 중이던 해고자들 사이에서 다툼이 일어났다. 단식을 한다고 소문내고 선식 먹고 약까지 먹으며 보여주기식 단식을 한 게 들통이 난 것이었다.

47파업 당시 체포영장을 발부받고 이를 피해 돌아다닌 그들의 이중적 태도에 이미 배신감을 넘어 혐오감을 느꼈던 나는 최대한 그들과 가까이 하지 않으려고 했다. 물론 해고자 중에도 진정성 있게 행동한 사람도 있었지만 잘못한 일이 워낙 컸다.

어려울 때 어떤 행동을 하는지를 보면 그 사람을 알 수 있다. 1987년 이후 90년대 초까지 함께 노동조합 활동을 한 많은 이들이 회사의 회유에 직접생산직에서 간접직 외주관리, 생산관리, QA 등으로 부서를 전환했다. 현장 조직 초기 활동가들은 노동조합 간부를 했다는 이유 하나만으로 회사의 회유 대상으로 특혜를 받은 것이다.

더욱 가관인 것은 이들의 행동이다. 낮에는 노동조합 편으로 서다가, 밤에는 회사 편으로 돌아서 물리적 고생을 하지 않고 쉬운 곳에서 일하면서 입으로만 투사 행새를 한다.

47파업 때도 이들은 적당히 참여하다 정말 힘들고 어려울 때는 모습을 보이지 않았다. 그들은 배달호 사망에서도 똑같은 모습을 보여주었다.

사망 40일이 지났을 때 전국 금속노조 간부들이 두산중공업으로 모였다. 시신을 탈취한다는 정보도 있었지만 당시 용역 경비들의 지나침을 그냥 넘길 수 없다는 절박함에 한판 하자는 것이었다.

크게 한판 했다. 많은 사람들이 피해를 입었고 분노가 극에 달했다. 이때쯤이면 매번 나타나는 유언비어 적극 가담자 색출 같은 것이었다.

30일이 지났다. 너무 오랜 시간을 보내고 나니 퇴근 통근 버스 앞 집회도 분위기가 쉽게 가라앉아 버렸다. 여기저기에서 유언비어들만 난무했다.

해고자들 단식 투쟁도 몸 관리 쇼로 끝나고 아사 단식으로 지쳤던 김건형에게 시선이 모아졌다. 만에 하나 자결이라도 하면 문제가 심각해질 수 있기 때문이었다. 하지만 60일째 합의를 보고 63일 되던 날 배달호는 우리 곁을 떠났다.

상을 치르고 형수 중심으로 현장에서 함께 한 부인들 몇몇이 형식적으로 며칠 참석하더니 편을 나눠 한 쪽만 제주도 관광을 다녀오는 바람에 갈등이 생기기도 했다.

끝까지 철저한 이중인격자들이었다.

누구를 위해 종을 울리나

민영화 이후 가족 간 문제로 잠시 경영일선에서 물러나 있던 박용성 회장이 다시 복귀하는 안건이 주총에서 고시가 됐다. 결론은 97% 찬성이었다.

박용성 회장이 물러나던 시기 나 역시 회장의 잘못을 조목조목 따지는 글을 노동조합 자유게시판에 올린 적이 있었다. 회사 관계자들이 글을 내려달라고 부탁했지만 끝까지 부탁을 뿌리치고 그대로 두었다.

하지만 박용성 회장의 복귀에 대해서는 입장을 달리하여 "IOC 위원 신분이며 공장에 물량이 줄어든 상황이라 수주영업도 해야 하니 대승적 차원에서 47파업으로 해고된 4명을 복직하는 조건으로 노동조합이 반대하지 않는 게

좋겠다."는 취지의 글을 올렸다.

다음날 새탑회 지도부에서 난리가 났다. "김창근의 재임용반대를 외치고 있는데 회의의 핵심인 사람이 그럴 수 있냐."는 것이었다.

나는 "언제 회의 방침을 그렇게 정했습니까? 왜 한 구절만 가지고 문제 삼습니까?"하고 항변했다.

그중 정도석은 내게 무조건 새탑회를 나가라고 종용했다.

그렇게 나는 수십 년 몸과 혼을 다 바쳐 함께 해온 새탑회를 나왔다. 나는 수년간 회장을 맡았고, 90년대에는 외주업체나 간접부서 전출을 여러 번 제의 받기도 했다. 하지만 끝까지 현장에 남아 퇴직했다. 이런 내가 배신자인가?

새탑회에는 조합 활동 조금 했다고 회사 회유에 간접부서로 옮겨 외출복 입고 근무한 사람들이 많았다. 그들은 '47파업', '배달호 사망' 때에는 다 어디에 있었나. 어려울 때는 뒤로 숨고 회사에 충성하며 곁에만 있으면 의리 있는 '놈'일까.

누가 배신자인가. 김창근에게 반대하면 의리를 저버리는 것인가. 지금도 노동판에서는 의리라는 덫을 놓은 배신이라는 올가미가 존재한다. 한마디로 위선자들의 장난이다.

그때로 다시 돌아간다 해도 말로 다하지는 못하겠지만 손석형, 김창근 두 사람으로 인한 지역 활동가들 사이 배신, 편 가르기, 갈등이 얼마나 심했으며 내용도 모르고 서로를 증오하고 경멸하며 얼마나 많은 시간을 보내야 했나.

그렇게 의리와 원칙, 명분이 중요한 투사들 집단이었으면 적어도 자신들이 그렇게 외쳤던 원직 복직은 못할지언정 돈으로 해고자를 팔아먹지는 말았어야 하는 것 아닌가.

결국 그들은 철저한 이중인격자들일 뿐이다.

도의원 출마의 오점

90년대 후반부터 시작된 민주노총의 정치참여는 자연스럽게 민주노동당 창당의 중심으로 활발하게 전개되었다. 당시 노동조합 간부들은 의무적으로 당원이 되어야 했고 당비 및 후원금까지 내야 하는 분위기였다. 특히 평등파 중심의 사업장 노동조합 간부들은 더욱 적극적으로 참여해 실제 2000년 1월 민주노동당 창당의 공신이 되었다.

창원지역 당 활동은 울산, 거제와 함께 조합간부들에게 자연스럽게 일상화됐다. 매주 금속연맹 경남지부 단위사업장 상무집행위원 활동도 (정치위원회중심 시의원 지역구별로 열정적으로) 민주노동당 창당 후부터는 실질적 조직 사업까지 가능하게 했다.

민주노총 경남지부 금속연맹 중심의 정치특위는 시의원, 도지사 후보 발굴로도 이어졌지만 자주파들이 정치에 참여하고 민주노동당 결성에도 함께 하게 되면서 계파간 견제도 점차 심해지고 있었다.

하지만 후보자 선정, 발굴부터 양 조직간 갈등이 표면화되면서 선거 후에는 많은 이들이 회의를 느껴 조직을 이탈하기도 했다.

이러한 상황에서 2005년 연말 동네 후배놈에게 전화 한 통을 받았다.

"형님 맞제? 경남매일신문에 올라온 사람!"

"뭐라고?"

느닷없는 후배의 말에 자초지종을 물으니 도의원 출마 예상자 명단에 내 이름이 있다는 것이었다.

당시 나는 대학원을 다니며 석사 논문을 준비하던 중이라 다른 일을 생각할 여유가 없었던 데다 도의원 출마에 대해서는 전혀 관심을 두지 않은 상황이었다.

물론 2000년 민주노동당 창당 직후 1대 대의원을 한 적은 있지만 민주노동당의 인지도가 10%도 되지 않는 상황에서 출마를 쉽게 결정할 수는 없는 노릇이었다.

예상컨대 신문사에 출마 예정자를 당에 요구하니 출생지가 창원 1지역구(창원시 의창구, 동읍, 대산면, 북면)에 속한 북면인데다 전 민주노동당 대의원, 노동조합 간부를 한 경력이 있는 내가 떠올라 명단에 넣은 것이 분명했다.

이후 상황을 알게 된 나에게 민주노총과 민주노동당 두 곳에서 출마를 적극 권유했지만 쉽게 결정할 수는 없었다. 그동안 후보가 되기 위해 열심히 활동한 당원이 절친했던 친구였고, 나 역시 새탑회를 막 탈퇴한 직후였기 때문이었다.

하지만 당에서는 출마예정자들의 출마를 기정사실화하였고 당과 민주노총 경남본부에서도 담당자를 선정하는 등 차근차근 선거준비가 이루어지고 있었다. 가까이 있는 현장 동료들과 자주파 출마자들도 적극적으로 출마를 권해 결국 출마에 대해 심각하게 고민하기에 이르렀다.

출마 접수 마감일은 배달호 사망 때 단식을 했던 김건형의 아들이 지병으로 사망해 장지인 성남으로 가는 날이어서 내 심정도 복잡하기 이를 데 없었다.

"김동지 15%만 얻으면 선거비용이 100% 보존됩니다.

당 발전을 위해 꼭 부탁합니다. 모든 준비해 두었으니 결정만 내려주십시오.”

당일 오후 3시 경 여주 휴게소에서 전화를 받은 나는 혼자서 최종결정을 위한 많은 고민을 해야 했다.

결정을 망설이다가 마지막으로 현장에서 같이 근무하던 절친에게 전화를 걸었다.

“도의원 출마해 달라고 부탁하는데 여론조사 지지율은 8%밖에 안 돼. 어떻게 해야 할까?”

절친 역시 출마를 권유했다. 시간이 흘러 4시가 되었을 때 당에서 마지막 전화를 받은 나는 집안 식구 누구와도 상의하지 않고 출마를 결정했다.

막상 출마를 하고 나니 도계동에서 그동안 시의원 출마에 뜻을 두고 열심히 활동한 친구가 “자주파 쪽에서 출마를 하고 권유했는데 결심했느냐.”며 서운함을 표시했다(사실 그 친구는 당의 발전을 위해 활동하려한 것이라기보다 사익이 먼저였다).

어쨌든 출마를 결심했으니 열심히 해야겠다고 마음을 굳히고 회사에 휴직계를 낸 다음 선거운동에 뛰어들었다. 상대는 한나라당 당적으로 출마한 현직 도의원이었다. 지역구 국회의원 동생이었으며 내게는 대학선배였다.

나는 개의치 않고 정말 열정적으로 임했다. 고향 사촌형님 내외와 집사람, 아들까지 그 누구보다 열심히 했다.

하지만 선거일을 며칠 남겨두고 박근혜 전 대통령의 커터칼 시해 사건이 발생했다. 사전 여론조사에서 43%까지 따라붙어 당선권에 진입한 상태여서 안심했지만, 시해사건의 영향이었는지 결과는 37% 득표. 당선이 좌절되고 말았다.

패배의 아픔은 쓰라렸다. 선거운동을 하면서 집사람이 식당을 하며 모아둔 많은 돈을 다 쓰고도 모자라 진동 쪽에 있던 논까지 담보대출을 받아 다 써버리고 그야말로 '폐가망신'했다.

도의원 출마는 내 생애 가장 치욕적인 일로 남았고 가정에는 돌이킬 수 없는 상처가 되어 돌아왔다.

지금에 와 생각하니 다른 사람의 권유에 의해 출마를 결심했다는 건 핑계에 불과하고 결국 스스로 위로받기 위해 한 말은 아니었을까 싶다.

내게 욕심이 없었다면 그렇게 사활을 걸고 열심히 했을까.

나의 첫 정치 도전은 치욕이고 위선이며 사심이었다.

저급한 새탑회의 모습

한국중공업이 두산중공업으로 민영화되면서 두산그룹에서 시행해오던 유럽, 미국여행 프로그램에 전 한국중공업 사원들도 참여할 수 있게 됐다. 회사 업무에 지장이 없는 선에서라면 여러 명이 함께 그룹을 만들어 여행을 갈 수 있었으며, 지원내역은 왕복 비행기 티켓과 유레일 15일 패스였다.

마침 새탑회를 탈퇴한 직후여서 나는 마음을 다잡을 겸 나와 함께 탈퇴를 감행해준 20여 명의 직원들 중 3명과 함께 유럽 배낭여행을 떠났다.

여행스케줄을 바쁘게 짜기는 했지만 시차 적응이 되지 않아 정신이 없던 중 여행 3일차에 두산중공업 노동조합

홈페이지에 들어가 보았다. 한 마디로 난리가 난 상황이었다.

'더러운 모습'이란 제목의 글에는 조합 임원을 하고 간부까지 한 '것'들이 회사 지원을 받아 해외여행을 갔다며, 마치 회사의 특혜를 받아 여행을 간 것처럼 적혀 있었다. 댓글에는 우리를 '이중적인 인간', '회사 앞잡이', '정말 나쁜 놈'으로 묘사했다. 처음 글을 올린 사람도 댓글을 쓴 사람들도 모두 새탑회 회원이었다.

그들은 김창근에게 무조건적으로 충성하는 이들이었으며, 철저한 이기주의자들이었다. 파업 후 수배 중에 피 같은 조합비로 호의호식하며 명산 유람을 했던 이들, 배달호 사망 당시 몸 만드는 가짜 단식으로 이중적 태도를 일삼았던 이들이 거꾸로 우리에게 악담을 퍼붓다니 기가 찰 노릇이었다. 그토록 악의적으로 호도하고 가공한다 하더라도 진실을 가릴 수는 없지만, 인간적 모멸감을 느끼는 어쩔 수 없었다.

그들에게 사회성을 기대하지도 않았지만 그토록 이중적이고 천박하게 나올 거라고는 바로 옆에서 지내온 우리조차도 예상할 수 없던 일이었다.

뿐만 아니다. 매사에 부정적이고 투쟁적으로 몰고 가면서도 정작 그 자리에는 나타나지도 않는 이들이 그들이다. 해고가 마치 큰 벼슬인양 날뛰고 선동하는 모습은 점입가경이었다.

새탑회에 공식적으로 항의 의사를 전하고 그들 중 몇몇은 자신들이 지나쳤다고 말을 하기는 했지만, 사원 모두에게 제공되는 회사 프로그램을 받는 게 특혜고 지원이었다면 새탑회 차원에서 결의라도 해서 막았어야 하는데, 사실상 새탑회 회원들도 배낭여행을 떠났으니 이를 어떻게 설명할까.

악의적으로 비판하고 마녀사냥식 여론몰이를 한 새탑회 일부 회원들로 인해 절대 다수의 회원들만 바보가 되고 만 셈이다.

이 얼마나 어리석은 짓인가.

이렇듯 기대할 것이 전혀 없는 새탑회는 당장 없어져야 할 조직이다.

두산중공업 지회장 출마

2007년 두산중공업 지회장에 출마를 했다. 새탑회 탈퇴 후 두고 보자는 마음이 컸다. 하지만 함께 출마할 후보를 구하기가 하늘의 별따기였다. 만나는 동료들마다 “형님, 나는 능력이 없어서 못합니다. 대신 옆에서 도와줄게요.” 했다. 스무 명을 만났지만 스무 명 모두에게 거절당했다.

그러다 새탑회를 함께 탈퇴한 동료이자 같이 유럽 배낭 여행을 떠났던 세 사람을 모아 넷이서 어렵게 출마를 했다.

상대편이었던 새탑회와 미래회 두 팀은 내가 친회사적이며 선거기간 내내 나에 대해 ‘배신자’라는 말을 붙여 비방했다. 새탑회와 미래회는 노골적으로 “김종환이 당선되어서는 안 된다."고 선거운동을 하고 있었다.

나에게 이기기 위해 선거운동을 할 때는 연합을 하면서도 지회 밖에서는 두 회를 대표한 김창근, 손석형 두 조직이 회의 때마다 욕설 내뱉기, 회의 방해 등 노동자 간 갈등을 일으켰다. 그러면서도 나를 배제하기 위해 지회장 선거에서만은 연합해 치렀다.

미래회 이창희는 금속노조 경남지부 사무국장을 두 번이나 한 사람이었다. 그는 87년 노동조합이 탄생한 다음부터 20년 넘게 개선하고 보충하여 만든 임금구조를 한꺼번에 바꾸는 합의안에 동의했다. 다음해는 월 20시간 연장근로 임금을 삭제하는 안에까지 합의해 조합원 개개인이 퇴직할 때 받는 수천만 원의 수당이 일거에 날아가 버리고 말았다. 지도 감독을 해야 할 금속노조도 이를 묵인하고 통과시켰으며, 지회 내 새탑회에서도 형식적인 지적만 했을 뿐 적당히 관계를 유지한 덕에 총회에서도 큰 소리 없이 서로 윈윈하는 분위기가 만들어졌다.

이렇게 조합에 큰 누를 끼친 이들이 평등, 자주 조직이었다. 너무나 기만적인 작태에 분노한 나는 지회장 출마 등 개인별 손실분을 유인물로 뿌려 호소하는 것 외 할 수 있는 게 아무것도 없었다.

노든 사든 때로는 양보도 하고 임금동결, 무파업 선언도 할 수 있어야 한다. 하지만 반노동자적 합의만큼은 절대 해서는 안 될 일이다. 천박하게 합의안에 동의해 놓고 남에게는 어용이라 운운하는 건 천벌을 받을 일이 아니고 무엇일까.

결과는 완패였다. 지금 뒤돌아보면 모두가 내가 부족한 탓이다.

회사생활 32년, 왜 그렇게 상대에게 모나게 대했는가 뉘우치고 반성해본다.

그럼에도 나는 내가 단 한 번도 반노동자적 입장에 선 적은 없다고 단연 말할 수 있다.

새탑회에 대한 단상

한국중공업노동조합 내 조직은 3개이다. 지금은 과거와 달리 김창근, 손석형이 퇴직한 상황이라 과거와 같은 첨예한 갈등은 많이 완화되었으리라 생각한다.

나는 새탑회 탈퇴 후 배신자라는 말을 들었다. 누가 누구를 배신한 걸까.

나를 배신자로 몬 김창근은 사상으로 무장한 사회주의자이다. 나는 사회주의 자체는 인정한다. 하지만 자본주의를 부정하는 것은 아니라고 생각했다.

처음 새탑회를 결성할 때는 서른 명 정도로 출발했고 정말 순수한 조직이었다. 나는 부회장을 맡았는데, 김창근의 학교 후배와 연고 후배들이 뒤늦게 합류하기는 했어도 의리의 수준이었고 새탑회는 오직 노동조합의 발전을 위한 조직이었다.

시간이 지나면서 새탑회의 회원이 점차 늘어갔고, 서로의 길흉사에 빠지지 않고 찾아가 형제처럼 함께 슬퍼하고 기뻐했다. 나 역시 간부로서 한번도 빠짐없이 강원도, 전라도, 충청도… 그 어느 곳이든 쫓아갔다.

나는 새탑회에서 산업안전보건부장과 사무장을 하기도 했다. 산업안전보건부장을 맡고 있을 때는 산재 인정 받기가 매우 어려웠던 '다발성 골수암, 폐암, 폐농양'을 국내 최초로 인정받도록 만들었다. 단 한 명도 예외 없이 근골격계 질환자들의 산재 인정도 가능하게 만들었다. 난청환자 보상의 길도 마련해 스스로가 자랑스러울 정도였다.

사무장 시절 47파업에 몸서리치는 어려움을 겪기도 했다. 두 번의 구속, 해고자들 옥바라지, 수배자들 뒷바라지. 개인 돈 수천만 원씩 써가며 돕기도 했다.

회에도 수년간 매달 100만 원씩을 내는 열성을 보였다. 회를 유지하기 어렵고 힘든 시절이었다. 누구에게는 투사로, 누구에게는 배신자로 손가락질 당했지만 회 운영을 위해 눈 감고 귀 닫았다.

어렵사리 회를 꾸려간다 하더라도 누구 하나 회의 유지에 대해 신경 쓰지 않았다. 해고자가 대량 생길 위기에서 회사 관계자들에게 눈물로 호소하며 무릎 꿇고 간청해 얻어낸 복직 기회에 돌아온 김창근의 대답은 "투쟁 없이 원직 복직은 있을 수 없다."는 것이었다.

과연 조합에서 급여를 주지 않았다면 그렇게까지 강경하게 대응할 수 있었을까 의문이 들었다.

물론 내 생각이 지나쳤을 수 있다. 하지만 김창근이 조직을 리드하고 조합원 입장에서 생각한다면 자신을 제외한 해고자들의 순차적 복직을 가능하게 해야 하지 않았을까. 자신이 복직을 못하면 다른 사람도 모두 해서는 안 된다는 의미였을까.

결국 김창근이 속한 회에서 돈으로 해고자 문제를 정리하는 것으로 끝이 났다. 원직 복직을 그렇게도 외쳤던 결과물이었다. 해고된 후 집짓고 개인 사업을 벌이며 얼마나 잘 먹고 잘 살았던가. 결코 용서받지 못할 더러운 짓이다.

그 시기 나는 회사에서 받는 급여 모두를 회의 운영에 쏟아부으며 회를 유지했다. 그에 비해 새탑회 내 강경파와 원칙주의자들은 부를 쌓으며 호의호식하느라 바빴다.

지난해 말 김창근이 명예회복을 한다는 명목으로 두산중공업 정문에서 시위하는 모습을 우연히 보게 되었다. 나로서는 그의 시위가 있을 수 없는 일이며 있어서도 안 될 일이라 생각한다.

전국에는 노동조합활동을 하다가 해고되어 수년간 임금을 받지 못해 힘들어 자결한 노동자며, 가정이 모두 망가져 뿔뿔이 흩어져버린 해고 노동자와 가족이 얼마나 많은가. 그 혹독함을 우리는 똑똑히 보았다.

그런데 두산중공업 해고자들이 그렇게 시련을 당하고 핍박받았던가. 뒤돌아 자신이 걸어온 길을 보기를 바랄 뿐이다.

결국 해고자들의 임금은 조합원들의 피, 땀의 대가로 메워졌다.

3장

노동운동에 대한 나의 생각

금속노조 탄생은 기형이며 가짜이다

90년대 후반 들어 노동계 내 계파 조직 활동은 그 어느 때보다 치열해졌다. 특히 노동조합 중심의 당을 만들기 위한 활동이 가세하면서 창원을 중심으로 하는 경남지역 노동사회는 손석형을 중심으로 하는 자주파와 김창근을 중심으로 한 평등파 간 자리싸움이 위태롭게 전개됐다.

두 사람은 민주노총 경남본부장 자리를 놓고 한판 붙었는데, 결과는 김창근의 패배였다. 하지만 손석형 역시 출세지향적인 기회주의자다.

손석형이 경남본부장이 되고 각 연맹 위원장 자리까지 자주파 출신들이 대거 당선되면서 자주파의 교만과 거만이 도를 넘었고, 평등파는 보이지 않는 위기감에 시시각각

직면하고 있었다.

이즈음 평등파는 '전진'이라는 전국조직을 결성하려고 노력할 때여서 김창근의 민주노총 경남본부장 낙선은 패배 이상의 시련으로 돌아왔다. 그리하여 돌파구로 찾은 것이 산업별 단일노조 결성이었음이 분명하다.

'전진'은 전국 조직이었지만 규모는 전혀 알려진 바가 없었다. 당시 두산중공업 내 '새탑회' 회원 몇 명이 참여하고 있었으며 나는 후원금 정도만 전달하는 상황이었다.

2000년 대학을 다니면서 나는 '전진'이 남한사회주의연맹조직이라는 걸 알게 되었다. 전진의 실체에 대해 알게 된 후부터는 사상적으로 오염되지 않겠다고 다짐하면서 그 누구에게도 이 사실을 알리지 않았다. 다만 나 혼자 경계만 할 뿐이었다.

이처럼 치열한 계파 간 경쟁이 자주파들의 승리로 끝난 후 평등파는 유럽식 산별노동조합을 만들자고 제안하면서 갑자기 조직형태를 변경하기 위한 논의를 시작했다. 이후 김창근과 가까운 몇몇 사업장은 금속노조로 조직변경을 속속 마쳤다.

그보다 앞선 2000년 10월 나는 두산중공업 노동조합 집행부 사무장으로 당선되었는데, 나와 심상정(현 정의당 국회의원), 창원 공단 내 세신실업 위원장, 한신공영 사무장 네 명이 경주에 모인 일이 있다. 우리의 임무는 심상정이 미리 초안을 마련해온 금속노조 규약 및 규정을 다듬는 일이었다. 규약과 규정을 다듬자고 만난 자리기는 했으나, 초안이 완성된 상태에서의 작업은 많지 않았다. 그저 약간 다듬고 정리하는 수준에 불과했다.

나는 대학원 논문의 주제를 산업안전보건이나 산업별 노동조합 관련으로 생각 중이었기 때문에 독일 노동조합 형태에 대한 사전지식이 어느 정도 있었다. 그래서 초안을 보는 순간 퍼뜩 '이건 아니다.'라는 생각이 들었다.

가장 문제가 되는 조항은 단위 사업장의 적립금을 본 조직으로 보낸다는 조항과 경조사 시 노동조합에서 지급했던 모든 것들을 이제는 지급하지 말라는 조항이었다. 둘 다 수용하기가 어려운 내용이었다.

게다가 대기업 사업장과 중소기업 사업장 간 임금격차가 배 이상 차이가 나는 상황에서 동일한 금액의 조합비를 어떻게 합의할 것이며, 각종 회의 시 규모에 따른 권한을 어떻게 정할 것인지 불분명했다. 특히 조직 형태를 본조, 지역지부, 지회로 두기로 하면서 만약 2개 시도에 걸쳐 있을 경우 기업 지부를 둔다는 조항은 어처구니가 없었다.

유럽식 단일노조를 하면서 가장 기본인 사업장 규모의 크고 작음에 관계없이 지역 지부에 편입하면 되는 것이 상식이라 생각해 끝까지 조항의 내용을 반대하니 이 부분을 소수 의견으로 안건 상정하겠다고 하며 7년의 유예기간을 주었다.

하지만 20년이 지난 지금까지 유예만 3번 됐을 뿐 기업 지부 폐지는 실현되지 않고 있다.

최초안에서 조합비 배분은 5:2:3이었다. 본 조직에서 모든 사업을 하겠다는 취지였지만 이 또한 과도한 의욕에서 나온 안이라는 의견이 나왔다. 결국 조합비 배분이 3:2:5 기준으로 정해졌지만 이런 구조 하에서 어느 대기업 노동조합이 지회로 들어올까 의문스러웠다.

창원 공단의 특성상 중공업 유관사업이 발달한 금속 중심 산업구조인지라 타 지역에 비해 보다 쉽게 조직형태를 변경할 수는 있지만 지금처럼 조합원 수에 비례하여 대의원이 배정되는 구조에서는 대기업 위주의 사업이 진행될 수밖에 없다.

이대로라면 진정한 유럽식은 고사하고 한국식 단일노조도 될 수 없다. 처음 금속노조를 만들 때 금속산업에 종사하는 모든 노동자들이 차별받지 않는 유럽식 단일노조를 만들자며 연맹을 이탈해놓고 정작 같은 사업장 내 협력업체 노동자 및 비정규 노동자들조차 노동조합에 참여시키지 못하는 아이러니한 상황인 것이다.

이 같은 웃지 못할 상황에도 누구 하나 이에 대해 고민하는 사람들도 없다. 그저 무늬만 단일노조라 내세우며 사용자 집단과 날을 세우는 등 사업장 내 활동만 위축시킬 뿐이다. 그래서 대기업 협력사의 단가를 인하시켜 이익을 남긴 것으로 모기업 노동조합 임금인상의 재원으로 쓰려는 것을 모두가 아는 마당에 금속노조 단일노조 타령을 하는 건 사기고 기만일 수밖에 없는 데도 말이다.

기업지부 7년 유예를 할 게 아니라 기업 내 협력사 비정규직 5년 내 조합가입, 7년 내 사외 협력사 노동조합 가입이 더 정당하고 명분과 취지에 맞는 사업이 아닐까.

지금까지의 단일노조 운동이란 거대 사용자 집단과 마

주 앉아 멋지게 폼을 잡는 건 아니었는지 그 모든 게 위선처럼 느껴질 정도였다.

결과적으로 연맹 체제에서는 사용자들의 경계심이 낮아 상대적으로 사내외 협력사 노동자 간 협력이 훨씬 더 효과적이었다는 사실을 기억해야 한다.

금속노조 중앙교섭 지부 집단교섭에 대기업 사업장은 다 빠진 현 상태에서는 어쩔 수 없이 참여한 중소기업 사업장의 어려움만 가중시킬 따름이며, 동일 조합원 대비 민주노총 및 금속연맹의 위상이 약화되고 축소 분열될 수밖에 없다는 생각이다.

자리싸움, 지침사항 이행 저조, 사용자 집단에 대한 경직성… 이게 바로 금속노조의 민낯이다. 따라서 금속노조 탄생은 기형이며 가짜일 수밖에 없다.

덧붙여 설명하자면, 평등파(PD)는 마르크스 사상으로 무장한 남한혁명의 주도권을 노동 계급이 지어야 한다는 사상으로 한국사회당, 민주노동당을 만들었지만 민주노동당의 분열 이후 진보신당, 정의당으로 나뉘어졌다.

자주(NL)파는 반미주의, 민족주의 이념을 내세우며 2000년대 대북 통일사업 우유보내기 등 민족주의 성향이 강하고, 평등파와 끝없는 노선경쟁 및 자리싸움을 하였다. 민주노동당 분열 후 만들어진 통합진보당이 자주파 계열이다.

내가 아는 사회주의

사회주의란 말을 처음 사용한 사람은 19세기 프랑스 사상가 피에르 르루이다. 당시 사회주의는 민주주의에 반대되는 말로 쓰기 시작했지만 곧 자본주의 사회에 반대되는 말로 대체되어 생산수단의 사적 소유와 무한자유경쟁의 모순 및 병폐, 빈부격차, 개인주의 팽배의 문제를 지적하고 시정하기 위한 방편으로 쓰였다.

실제 사회주의는 생산수단의 사적 소유와 사회적 관리수단에 의해 자유, 평등, 사회정의를 실현할 목적으로 하는 사상 또는 운동으로서 출발한 것이다.

엄격히 말해 고전적 사회주의는 생산시설의 공유를 염두에 둔 사상이지만, 근대에 들어 사회주의는 자본주의를 부정하는 공산주의의 한 부분으로 쓰인다.

그렇기 때문에 유럽에서는 사회를 우선으로 하는 사민주의 사상운동이 활발하다.

간혹 사회주의를 계획경제 및 자산 국유화를 대표적으로 내세우는 완전한 공산주의와 혼돈하기도 하는데, 공산주의와 사회주의는 개념에서부터 큰 차이를 보인다.

그래서 일부 학자들은 경계의 모호성을 들어 사회주의와 공산주의는 비이성적 사상, 비현실적 사상이라고들 한다.

유럽 근대 사회주의는 그것이 철학적 이상에서 나왔건 합리주의에서 나왔건 노동계급 운동이나 농촌운동으로 발생했건 방법이 비폭력적이거나 계급 투쟁적인 혁명주의이거나 간에 모든 걸 막론하고 자본주의를 반대하면서 자유, 평등, 사회정의를 이룰 수 있는 이상적 협동사회의 실현을 목표로 한다.

오늘날의 관점에서 보면 유럽 초기 사회주의는 그 사상에 있어서는 유토피아적이고 운동방식에 있어서는 순박하다못해 모험주의적으로 보이는 면이 많다. 그러므로 당시 사회주의들의 꿈이 현대에 그대로 실현될 리가 만무하다.

대한민국 내 사회주의자들은 마르크스와 엥겔스가 말한 〈공산주의 선언〉을 바탕으로 하는 혁명적 계급투쟁의 반자본주의 사상을 기본으로 한다.

마르크스는 제1인터내셔날(국제노동자협회, 1864~1872년)에서 역할을 한 역사적 인물로서 남한 내 사회주의적 노동자 사상에는 이런 마르크스의 사상이 깊이 스며들어 있다.

레닌의 사상을 토대로 만들어진 제3국제노동자협의회는 자본주의 사회와 공산주의 사회를 뚜렷이 나누면서 미국과 소련의 냉전을 초래했다.

대한민국 내 노동계 계파로는 평등파가 여기에 가깝다고 할 수 있겠다.

재야운동은 사회개혁운동이다

이른바 유신세대, 4.19 혁명세대들의 활동의 영역은 그들이 외쳤던 독재정부의 장기집권반대, 군사독재반대, 국민직선제 구호처럼 다분히 정치적이었다. 물론 이들 중 많은 수가 노동현장의 열악함을 알리고 노동운동에 투신한 경우도 있지만 엄격하게 본다면 노동운동과 사회운동은 구분되어야만 한다.

더욱이 노동운동가 중 몇몇 사람이 재야운동가들처럼 정치권, 정부기관, 기업 등으로 향하면서 노동운동을 하는 사람들의 모범답안처럼 되는 행태로 인해 노동운동의 순수성이 심각하게 훼손되고 있다.

노동조합의 활동은 노동현장을 유지, 개선하는 것이 주

목적인 만큼 그 외 정치활동 참여, 사회개혁 운동에의 참여는 부수적인 활동으로 보아야 맞다.

과거 노동조합활동을 활용해 출세한 이들을 보는 시선은 혼란스럽다. 학생운동권 출신이자 노동운동가였던 김문수, 차명진 전 의원은 과거 철저한 이데올로기로 무장했던 투쟁가로 이름을 날렸다. 이후 보수진영의 대부가 되어 진보진영과 철저히 대립각을 세우고 심지어 앞장서서 노동사회 운동진영을 비판하고 멸시했던 그의 행보를 우리는 어떻게 이해해야 할까.

김성태 전 의원 역시 마찬가지다. 그는 과거 노동조합 활동의 리더에서 보수·수구당의 당대표까지하며 노동조합 활동을 비판했다.

노동조합 활동은 순수성을 잊거나 자신의 영역을 벗어나게 되는 순간, 소속 조합원들로부터 외면당하고 사용자들과도 부딪힌다. 노동조합 간부가 불순한 의도를 가지고 상대에게 접근하면 상대는 본인의 의지와 상관없이 과격해 지거나 쉽게 유혹에 빠지게 된다.

일부이기는 하지만 인사채용과 관련하여 뒷돈을 받고 청탁을 받는 일이 발생하는가 하면, 상품선정에 있어 업체에 리베이트를 받고 사퇴하는 일까지 벌어지는 걸 보면 이들이 노동운동의 순수성을 이미 한참 전에 상실했다는 사실을 알 수 있다.

간혹 조합간부를 하면 직접 생산현장에서 간접부서로 전출을 하여 근무하는 것을 볼 때가 있다. 이 또한 어떤 방식으로 이루어졌던지 조합원 눈에는 특혜로 비칠 것이고 혹 그것이 선례나 답습의 대상이 될 수 있다는 걸 알고 경계해야 한다. 이는 곧 신뢰의 문제이기 때문이다.

또 한 가지는 조합의 간부라는 이유 하나로 현장에서 회사업무에 소극적이고 매사 시비를 걸거나 노동조합 활동에만 집착해서는 안 된다는 것이다. 노동운동가들은 노동운동의 순수성을 염두하고 더 넓은 시각에서 노동운동가로서의 자부심을 잃지 않도록 노력해야 할 필요가 있다.

대기업 중심 노동조합 활동의 병폐

노동자들에게는 노동조합이 꼭 필요하다. 하지만 노동조합 활동이 대기업 위주로 이루어지면서 사업장 규모에 따른 임금 제도 차이, 비정규직의 증가 등의 부작용을 낳기도 한다. 또 하나 중소기업의 위상 역시 일본, 대만, 독일, 프랑스처럼 기술력을 확보한 사업장이라기보다, 단순히 대기업의 하청(도급)업체로서만 존재하는 까닭에 전체 산업구조의 불균형을 만들기도 했다.

6.29선언 이후 대기업 중심 노동조합 활동은 노동자 계급 간 격차에 따른 갈등과 문제점을 양산하는 모순을 드러냈다. 더군다나 대기업 중심의 노동조합 활동은 새로운 활동가를 키우는데 소극적이어서 노동조합 활동의 질을 전

반적으로 떨어트려왔다. 이로 인해 종국에는 노동조합의 활동이 국민들로부터 이해나 인정을 받지 못하는 상황으로까지 이어져, 전반적인 노동조합 활동의 위축을 가져오기도 했다.

원인을 좀 더 심층적으로 살펴보면, 대기업 중심 산업구조에서는 대기업 노동조합의 요구가 고스란히 중소기업(하도급)에 전가되어 결국 중소기업 노동자들이 처한 노동환경을 저해하는 요인으로 작용한다는 걸 알 수 있다.

또 하나 대기업 사업장 중심의 노동조합 활동이 지역과 전국 단위화되면서 대기업 사업장 출신 활동가들이 관료화되는 문제를 꼽을 수 있다. 관료화된 조직은 새로운 인력풀을 교육, 성장시키지 않고 이는 곧 정체된 조직을 만들 수밖에 없다.

그 외에도 정치권으로 간 수많은 대기업 사업장 출신 노동운동 활동가들이 과연 노동조합 활동가로서의 가치와 이상을 그대로 이어갔는지는 다시 한 번 생각해 봐야 할 때이다.

이제는 과거의 운동방식과 틀에서 벗어나야 한다. 87년 6.29선언 전후부터 90년대 말까지는 어쨌든 노사 간 힘의 균형을 이루었던 시기다. 2000년대 이후는 균형적인 노사 관계가 자리 잡은 시기라고 볼 수 있다.

사용자 입장에서 보면, 여전히 노동자들이 힘의 우위에 있다고 여길지 모른다. 특히 대기업 사업장은 그럴 수 있다.

반면, 노동자 입장에서 보면 아직도 많은 것들이 부족하고 사용자들이 우위에 있다고 느낀다. 중소기업 사업장에서 근무하는 노동자들은 더욱 간절할 것이다.

하지만 노사가 간과할 수 없는 것은 사회적으로 합의가 이루어질 수 있을 만큼 정당성을 확보해야 한다는 점이다. 정당성이 확보되어야 만이 국민들로부터 동의를 받을 수 있다는 걸 직시해야 한다.

설사 어느 해에 힘의 우위에 서서 많은 것을 쟁취했다거나 혹은 반대로 양보했다하더라도 그것이 다음해까지 이어질지는 미지수다. 언제나 연속적일 수 없으며 매번 다른 변수가 생긴다는 것을 꼭 알아야 한다.

이러한 관점에서 볼 때 대기업 중심 노동조합 활동가들의 처신은 그 어느 때보다 중요하다. 아직도 과거처럼 과격한 구호를 외치고, 구속횟수를 늘리는 일로 손가락을 치

켜세워준다고 생각하면 어서 빨리 꿈을 깨야 한다.

자본이 균형적 노사관계를 유지하는 시기에 노동계는 무엇을 했는지 되돌아 보아야 한다. 방식이나 전술에 있어 과거에 얽매이고 과거의 행위를 답습하고 쉽게 투쟁을 외치고 책임감 없이 선동하지는 않았던가. 상대처럼 끝없이 자본과 시장에 대해 연구, 분석, 학습해왔는가. 조합원들의 요구에 대해 국민들을 이해시키는데 얼마나 노력을 기울였는가.

물론 노사가 주어진 환경은 판이하게 다르다. 그럼에도 계파 간 갈등, 이념논쟁, 자리다툼 등 노조 활동가들 스스로가 서로 힘 빠지고 지치게 한 건 없는지 되돌아보았으면 한다.

흔히 노동조합은 '쪽수'라고 한다

흔히 노동조합은 '쪽수'가 다라고 한다. 많으면 좋다는 의미다. 하지만 조직의 '쪽수'가 개인의 영달을 위해서 존재한다고 한다면 그 결과는 어떨까.

전국 노동조합을 두루 살펴보면, 바로 이 숫자에 대한 모순을 확인할 수 있다. 전국을 대표하는 총연맹은 쪽수가 많은 단위 사업장 출신이거나 쪽수가 많은 연맹 출신이다. 선출 임원의 능력은 무시되고 출신이 중요하다. 그러다보니 뜻이 맞는 활동가들끼리 의기투합해 계파를 만들고, 계파 확대에 온 힘을 쏟아 붓는 것이 지금의 노동조합 활동이 되고 말았다.

사실 초기 계파의 등장은 순기능이 많았다. 노동조합 활동에 있어 상호견제와 역할 균형을 이루기 위해 노력했고, 조합의 활동가를 꾸준히 만들어 낸 점은 칭찬받을만 하다.

그러나 근래 보인 계파 간 갈등에서 순기능을 찾아볼 수 없다. 보이지 않는 경쟁에 대한 무모한 투쟁, 이로 인한 조직 내부의 갈등 비용 증가, 무조건적 찬성과 반대에 의한 사업 신설과 폐기, 나눠 먹기식 자리싸움 등의 역기능만 있을 뿐이다.

계파중심의 노동조합 활동은 역동적이지 못하고 경직될 수밖에 없다. 상대 계파의 의도된 지적, 이러한 것을 피하기 위한 원론적 집행. 결국 틀에 박힌 사업 외 어떠한 새로운 시도도 기대할 수 없다. 과거 사업이나 행태만 답습하고 사회로부터도 배제되기 일쑤다.

결국 계파 간 갈등은 노선경쟁을 넘어 이념과 사상에 따라 분열되는 양상이다. 이른바 NL, PD로 나눠지는 양 계파의 이념적 논쟁은 자주(NL)파의 현실적 운동방식에 문제를 제기하는 평등(PD)파의 견제 정도로 여겨지지만, 이 같은 논쟁의 이면에는 자리싸움, 헤게모니싸움이 존재한다는 것이다.

과거 노동운동의 대가로 불렸던 김문수 전 의원처럼 국

회의원, 도지사도 할 수 있다는 걸 눈으로 본 이상, 이러한 싸움은 끝없이 이어질지도 모른다. 문제는 이러한 논쟁의 한가운데 있는 노동조합의 경우, 이 싸움에서 절대 자유롭지 못하다는 것이다.

노동조합이 계파 갈등을 해소하지 않고 사측과의 대립에서 무리하게 파업을 결정하면 당연히 큰 시련과 혼란이 따르기 마련이다. 결국 파업의 후유증은 노사 모두에게 심각한 생채기를 남긴다. 특히 노동조합은 후유증이 클 수밖에 없어서 회사의 대응에 따라 천당과 지옥을 오가는 경험을 하게 된다.

실례로 2002년 두산중공업의 '47파업(47일 간 계속된 파업)'의 경우, 전체 시각에서 보면 계파 간 갈등이 일어난 당시 집행부와 상부 단체의 의견대립이 불필요한 장기파업을 불러온 계기가 된 것은 분명하다. 노사가 합의한 내용보다 상부 단체의 선동이나 요구를 우선하여 파업을 지속한 지회 임원이나 파업을 부추긴 사람들이 존재했으니 당연한 결과다.

결국 47파업은 조합원 간 분열, 배신, 금전적 손실, 해고자 및 징계자 대량발생이라는 역풍을 맞았고, 그때의 결과는 고스란히 조합의 부담으로 남고 말았다.

마지노선이 있을 수 없는 노사문제

노사는 떼려야 뗄 수 없는 관계다. 노사문제 해결이 누가 누구를 승복시키는 일이 되어서는 안 된다. 노사문제는 사상 전쟁이나 독립운동처럼 절체절명의 상황을 전제로 하지 않는다. 노사관계가 연속적이며, 지속적이라는 사실을 늘 상기해야 한다.

노사문제에 있어서는 영원한 승자도 영원한 패자도 없다. 승자와 패자의 관점 자체가 불필요하다.

특히 대기업 사업장의 노사 관계에 있어 절대적인 결정사안은 발생하지도 않고 있을 수도 없다. 그러한데도 사업장별 노사 관계가 지나칠 정도로 경직되어 있고 전투적이라는 사실을 인정해야한다. 노사가 공동의 이익추구보다는 대립적 관계를 유지하고 한쪽의 일방적 승리로 종결되는 행태는 바람직하지 않다.

노사협의회를 매년 개최한다는 의미는 노사관계를 유지, 발전, 개선시킨다는 것을 바탕으로 것이기 때문이다.

한데, '전투적'이라는 건 쌍방이 공동운명체라는 사실을 망각하고 과거 농경시대 농민혁명이나 일제강점기 독립운동을 모방한 것은 아닌지 의문스럽다.

자본주의를 원천 부정하거나 노동조합 자체를 인정하지 않으려는 자세부터가 위험하다. 서로가 같은 전제를 바탕으로 하지 않으면 임금이나 근로조건이 아닌 또 다른 제3의 이슈로 전환되어 버리는 우를 범하고 만다.

과거 6.29이후 한동안 균형적이지 않았던 노사관계가 90년대 중반을 지나면서 균형이 잡히고 90년대 말, 2001년, 2002년을 지나면서 사측이 우위를 점하기 시작했다. 그 사이 무노동 무임금이 자리 잡으면서 결국 임금인상이나 제도개선보다 파업으로 인한 임금 손실금 보존이 더 큰 이슈로 떠오르고 말았다.

이는 고스란히 노사 양측의 부담으로 작용했고, 이것이 마치 양측이 서로 만족하지 못한 이견으로 작용해 장기파업이 되고,

또 다른 제3의 문제를 낳게 되었으니 그게 바로 '손쉬운 해고'였다.

노사 모두 서로를 타협하고 상호협조의 대상으로 보지 못한 채 타도의 대상, 극복의 대상으로만 보고 있다. 이것은 노사 양측이 상대를 인정하지 않으려는 심리이거나 자신들이 속한 입장이 좀 더 유리한 조건에서 합의를 이끌어 내야 한다는 강박관념과 아집이 더해져서 생기는 문제라고 본다.

더 자세히 들여다보면, 노동조합은 위원장의 인기나 연임에 집착해 노사의 합의사항에만 집착할 뿐 노사의 균형적 발전이나 노조활동의 정당성, 건전성에는 등안시 함으로써 일회적이고 즉흥적인 제안과 합의에 이르게 된다는 문제가 생긴다.

회사의 경우도 마찬가지로 전문적이지 못한 경영인이 주도하거나, 전문적이라고 해도 보여주기 식으로 자기입지를 강화하거나 인정받기 위한 합의에 그치면서 쉽게 의견이 일치되지 못하고 상호불신만 쌓이게 되는 것이다.

노사는 모든 것을 같이 공유한다는 심정으로 사심을 버

리고 보다 공적인 위치에서 회사를 위한 좀 더 나은 합의안을 도출해야만 한다. 그래야 회사 외부의 어려움에 적극 대응할 수 있기 때문이다.

안타깝게도 지금까지는 서로의 악습을 답습하며 지난 2000년초에는 파업에 대해 사용자 단체의 원천봉쇄, 급여 압류라는 초강경 압박수단까지 동원되었고 정부는 묵인하며 넘어갔다.

이런 상황 속에서 전교조 조합인정, 공무원 노동조합 탄생 등으로 노동조합의 운영과 전술, 전략이 대거 수정되거나 무게 중심이 사라지는 등 노동조합 운동에도 큰 변화가 일어났다.

결국 대기업 중심의 과격한 노동운동은 얻은 것 못지않게 많은 것을 잃게 만들었다. 강 대 강의 형국에서 사용자들은 초기부터 맞불작전처럼 강경대응을 내놓으면서 이미 오래전에 개선되었어야 마땅한 중소사업장의 노동조합 활동을 견인하기는커녕 위축시키고 말았다. 그 피해는 고스란히 중소사업장 노동자들에게 전해지고 있는 형국이다.

이제라도 이념논쟁보다는 영세 중소사업장 노동자들의 시각에서 가능한 노동운동을 고민해 봐야한다. 자본주의를 좀 더 연구하고 인정하면서 작은 부분부터 개선할 수 있는 '운동'을 고안해야 한다. 노동조합 활동가들의 근시안적이고 무책임, 무원칙한 활동이 노동운동 전체에 족쇄를 채우고 있다는 사실을 빨리 깨우쳐야 할 것이다.

끝까지 지켜져야 할 노동운동의 순수성

광복 후 이승만 정권 하의 한국사회는 산업사회 초기에 해당한다. 일본인들이 지어놓은 공장에서 일하던 노동자들은 공장의 주인이 바뀌었을 뿐 노동환경에는 큰 차이가 없었다. 허겁지겁 일하느라 바빴던 이들에게 임금수준, 생산성, 노동환경을 따질 여유는 없었을 것이다.

그나마 기록에 남아있는 노동조합운동 사례를 보면 조합원들의 권익을 우선하는 것이 아니라 나라의 앞날을 우선하고 있다는 걸 확인할 수 있다. 모든 활동은 반일감정의 연장선에서 이루어졌으며, 이데올로기적 성격이 짙었다.

노동자들의 노동권을 보호받기 위한 실질적 노동운동은

제3공화국에 들어서야 생겨났는데, 이는 국가 5개년 개발계획에 따른 마구잡이식 공장설립과 노동착취, 인권유린이 도를 넘어섰기 때문이었다.

당시 수많은 노동자들의 집단적 항의가 전국 곳곳에서 일어났다. 이들은 군홧발에 무참히 짓밟혔고 이후 유신반대 데모와 함께 사회개혁운동에 편승해 노동운동과 재야운동이 구분 없이 전개되었다.

이때만 해도 노동자들의 평균 학력 수준은 노동법을 이해하거나 법조문을 해석할 수 있는 수준이 되지 못했다. 이에 운동권 학생들이 일선 노동현장에 뛰어들어 공단지역을 중심으로 야학이 만들어지고 노동관계법 등에 대한 학습이 이루어지면서 노동조합 활동이 일대 전환을 맞게 되었다.

그때 앞장서서 선동했던 수많은 운동가, 활동가들이 문민정부 시절부터 제도권으로 들어가면서 정치권의 세대교체가 일어나기도 했다. 사회적으로는 이들이 정치가나 행정기관, 심지어 정부기관의 요직에 등용되는 것이 비판 없이 수용되었다.

하지만 어려운 여건에서 활동해야 했던 노동운동가, 재야운동가들이 결과적으로 어느 정도 사회적 보상을 받았다는 사실은 이후 후세대 노동운동 활동가들에게 비판 없이 수용되어 그들 또한 정치권이나 정부기관으로 향하는 꼴을 만들고 말았다.

결과적으로는 노동조합 활동이 개인의 이상을 채우는 도구로 전락하고, 쪽수가 많은 계파들의 수장이 전국 단위 임원으로 자리를 차지하면서 단위 사업장의 지도자가 되어 노동조합 활동의 전체 질이 낮아진 것이 지금의 현실이라고 본다.

사리사욕에 눈이 먼 간부들의 등용은 노동조합 활동 곳곳에서 금전적인 문제를 일으켜 가장 건전해야 할 노동운동에 씻을 수 없는 오점을 남기기도 했다.

이러한 현상은 대기업 노동조합에서 두드러지며, 개인적으로는 이제는 진정한 의미의 노동조합 활동은 더 이상 존재하지 않는다고까지 생각한다.

현재 전국단위나 지역 단위의 지도자(임원, 실무자)들은 대부분은 전국적으로 뿌리를 내린 계파의 조직원으로 자리싸움은 시간이 지날수록 더욱 치열해지지 않을까 한다.

단언컨대 노동조합 활동은 이들 계파들에 의해 심각하게 오염되었다. 노동현장의 권익이나 임금 제도 개선에 목소리를 내는 것에 앞서 자본주의를 부정하고 자본의 모순과 사회의 모순에 더 큰 목소리를 내는 투쟁적 조직으로서의 노동조합 활동은 노동조합이 향하고자 했던 본래의 순수성에서 벗어난 일이다. 이들의 목표가 정치 입문은 아닌지 스스로에게 물어야 한다.

일부이기는 하지만 그들이 주장하는 민족 통일, 평등 세상은 헤게모니 싸움을 위한 허울에 불과할 뿐 실제적으로는 자리싸움의 명분이 되고 있음을 명심해야 한다. 이는 노동운동의 순수성을 바라는 다수 조합원들의 뜻을 저버리는 격이다.

아울러 이들의 과격한 행동으로 인해 노동조합은 대중들로부터 외면당하고 결과적으로 노동조합 전체 활동을 위축시켜 여전히 열악한 환경에 처해있는 대다수 중소사업장 사용자들의 경계심만 높인 채 건전한 노동조합 활동마저도 정당성을 잃게 만드는 결과를 낳을 수 있다는 것을 잊어서는 안 되겠다.

강성 노동조합의 폐해

회사와 노동조합은 합의의 장을 마련하면 반드시 일정한 기간 내에 합의를 이루어야 한다. 이것이 상시화 된다고 가정하면 그 회사는 반드시 망하거나 어려움에 직면하게 된다. 이때 간부가 자기 몫을 다해야 만이 노동자들은 현장의 작은 일에도 건의하고 개선을 요구할 수 있는 정당성이 확보된다.

자기 관리를 위하여 협동하는 것은 크게 두 가지로 나눌 수 있다. 하나는 매사에 철저하며 타의 모범이 되고 신뢰성이 쌓여 남으로부터 인정받거나 존경받을 경우와 다른 하나는 끝없이 튀는 행동과 올바르지 못한 행동을 하며 철저히 반대 입장에 설 때 상대로 하여금 자기를 알게 하고 각인시켜 소정의 목적을 달성하는 것이다.

후자의 경우 70~80년도에는 먹혀들었지만 현재는 쉽게 먹혀들지 않는데 그 이유는 명분도 상황전개도 이론적 뒷받침이 되지 않으면 공감대 형성이 되지 않기 때문이다. 노동조합간부든 회사 간부든 끝없는 자기개발과 성실성이 담보되어야만 한다. 이는 시대가 요구하는 간부의 상이며 대중들로부터 외면당하지 않는 유일한 길이다.

중요한 것은 회사의 성장에 노동조합이 걸림돌이 되어서는 안 된다는 것이다. 말 없는 다수 조합원들의 의견을 존중하고 투쟁보다는 대화로써 해결을 하는 걸 우선해야 한다. 항시 상대의 입장에서 이해하고 차선책을 찾는 지혜를 모아야 한다. 과거처럼 몇몇의 영웅심에 기대거나 대중의 인기에 영입해 반대를 위한 반대만 일삼는 조합활동은 이제는 접어야 한다. 사용자들 또한 경영에 있어 은폐하거나 사리사욕을 챙기는 일을 버리고 노동조합을 동반자로 인식할 때 회사의 성장도 가능하다는 사실을 인식해야 한다.

6.29선언 이후 들불처럼 일었던 노동조합 설립, 투쟁, 대

립과 갈등은 이제 한 시대의 산물로써 역사의 뒤안길에 두어야 한다. 지금은 새로운 노동조합 활동의 패러다임을 제시하고 실천해야만 정당성이 확보될 수 있다.

자칫 노동조합 활동이 이념적 대립의 장으로 변모하고 이에 볼모가 된다면 과거 일본에서 보았던 노동조합의 와해, 무력화, 대중들의 지지이탈 심지어 조직 내부의 균열로 돌이킬 수 없는 지경에까지 갈 수 있다는 걸 명심해야 한다.

이를 위해 단위 사업장 중심의 기존 노동조합 위원장 선거에서 학연, 지연으로 지지되었던 것을 과감히 뿌리 뽑아야 한다. 과거 단위 사업장 내 지지했던 사람이 상부 단체나 전국 단위의 활동가로 진출하는 방식이 교묘히 악용되고 있다.

이런 문제는 대기업 노동조합을 중심으로 심각하게 전개되고 있다. 더불어 중소사업장까지 확대되는 추세라 열악한 환경에 있는 중소사업장 노동조합의 활동을 위축시키고 결과적으로 진작 개선되었어야 할 근로조건, 임금상승은 자연스럽게 외면당하면서 대기업과 중소기업 간 격차만 더욱 심화될 뿐이다.

이제는 민주를 가장한 독선과 아집을 버리고 여러 영역의 활동을 전개할 것이 아니라 노동문제에만 집중해야 한다. 여전히 중소사업장, 비정규직 노동자들의 노동환경이 너무나 열악한 때문이다.

강한 집행부는 처음부터 문제되거나 요구되는 문제들에 있어 매 건마다 부풀려 홍보하거나 집착하는 형태를 취한다. 조합원들에게는 일정부분의 후원군을 얻는 의도된 운동이기도 하다. 이 같은 행태는 시작은 거창하고 요란하나 회사와 대립각을 세우거나 파업을 하게 되면 다른 행동은 일체 하지 않고 강한 행동 위주로 이어지기 때문에 파업이 대부분 장기화되고 만다. 장기화되는 파업은 필연적으로 노동조합에 피해의 흔적을 남기게 한다.

의사결정 단계에 있어 중도성향의 지도부나 회사 측에 우호적인 집행부는 중요 사안을 사전에 공지한다. 물론 조합원들에게 집행부의 생각을 지나치게 설명하고 여론을 파악하고 나서 추가로 반대론자들을 상대로 설명하는 등 결정과정이 길고 소심하게 보이는 단점도 있다. 이들은 대부분 간접결정(대의원, 운영위원, 집행위회의 등)을 통하여 결정 하고자 애쓰며 결정에 있어 소신이 결여되어 타인의 도움과 의견에 의지하는 경향이 강하다. 안건을 상정하기 전후에 필요 이상의 시간이 소요되어 때로는 아주 소신 없는 결정을 내리거나 최초 의도와 관계없는 다른 결과가 도출되기도 한다.

반면 강성일수록 큰 단위에서 결정하는 것을 선호한다. 물론 그 이면에는 포퓰리즘에 영합한 집행도 있지만 지도부의 의지가 절대적으로 나타내는 상향식 결정이 다반사라 과거 박정희 정권이 3선 개헌을 하고 유신헌법을 만든 것처럼 지도부의 필요에 의해서 안건이 결정되어 버린다. 가장 민주적이어야 할 의사결정이 집행권자의 의도나 사고에 맞춰 결정되고 마는 것이다.

양자 모두 단점이 있지만 강성 집행부의 결정은 돌이킬 수 없다는 점에서 폐해가 더욱 크다.

소유는 한계가 있고 자본은 결코 우월하지 않다

흔히 노동조합의 소식지마다 악질자본, 악덕기업, 천민자본 등 기업주나 자본을 비난한다. 세계 어느 나라 자본이 노동자들에게 한없이 우호적이고 노동조합을 좋아하겠는가. 무노조를 표방하는 기업과 노동조합이 있다 해도 무분규로 이어지는 기업, 해마다 파업하는 기업 중 어느 기업이 악질 자본인가? 누가 무슨 기준으로 순위를 정할 수 있을 것이며 반대로 이러한 논리로 어느 기업 노동자들이 현명하다고 할 수 있을 것인가. 다 각자 처지에 따라 객관적인 시각보다 주관적 시각에서 우호적기업과 악질 기업으로 나눌 수밖에 없을 것이다. 만에 하나 순위를 정한다면 지극히 주관적이고 상업적일 수밖에 없다.

자본이 악질적이란 것은 연속성을 유지하기 위하여 한꺼번에 다 나누지 못함에서 기인하는 것이고 자본 입장에서 노동자들이 심하다고 느끼는 것은 요구가 지나치거나 행위나 행동이 지나치기 때문인 것이다. 이 또한 어떤 시각에서 보는가 하는 문제다.

문제는 노동자들이 노동의 대가를 어디까지인지 정하지 못하는 한 그 같은 단어는 없어질 수 없다는 사실이다. 즉 아무리 노동조합의 요구에 근접한 합의가 된다 해도 불만은 있을 수밖에 없다는 것이다.

자본 또한 분배에 있어 우월하거나 과거 임금과 노동을 착취하던 독식의 형태를 취한다면 공멸의 길을 갈 수밖에 없다는 사실을 명심해야 한다.

소유는 한계가 있다. 자본이 이윤을 아무리 극대화해도 개인이 가질 수 있는 소유는 한계가 있다는 것이다. 즉 이윤을 많이 축적했다고 해서 차를 포개어 한꺼번에 탈 수 없고 잠 잘 때 방을 두세 칸 사용하지 못하며 한 끼 식사에 한정 없이 많은 양을 먹을 수 없는 것이다.

자본은 어느 곳에선가 누군가에 의해서든 집행되고 사회에 어떤 식으로든 기여하게 된다. 자본은 몸 안의 피처럼 사회 곳곳에 흐르는 것이다.

노동의 대가에 대한 분배가 정의롭다는 전제에서 소유는 한계가 있으며 자본은 결코 우월하지 않다.

공유의 비극과 지금의 노동운동

경제 문제 중 하나로 시장 참여자들의 자율적 조정이 실패한 경우 정부가 시장에 개입하는 것을 경제학 이론에서는 공유의 비극(tragedy of commune)이라 말한다. 영국에서 산업혁명이 시작될 무렵 모직은 최고의 부가 가치 사업으로 각광받아 양모 수요가 급증하면서 농부들은 많은 수의 양을 사육했다. 당시 초지는 마을 소유로 되어 있어 가꾸거나 돌보는 사람이 없었다.

많은 양들이 한정된 초지에서 사육되다보니 초지는 금방 황폐화 되었고 황폐화된 땅에는 감자 등 다른 작물이 자라지 못해 감자기근 사태가 발생했다. 마을 사람들은 긴급히 모여 문제의 해결방법을 찾았는데 그것은 다름 아닌

각자의 초지를 나누고 울타리를 치는 것이었다.

인클로저 운동, 즉 개인의 재산권 확립이 여기에서 시작됐다. 그 후 초지는 개인 소유가 됐다. 초지를 개인들이 나누어 관리하면서 양의 수를 적정하게 조절해 초지를 남용하지 않게 되었다. 이 역사적 사건의 교훈은 공유의 비극을 해결하지 않으면 구성원 모두가 공멸하게 된다는 것이다.

대기업 사업장 중심으로 늘어나는 여러 형태의 비정규직 노동자 이른바 파견근로자 숫자는 늘어만 가고 있다. 이 문제는 이미 사회문제가 된지 오래이며 이후 노조 간 갈등의 소지를 다분히 안고 있다. 공유의 비극이 직영 노동자들에 의해 만들어 지고 있는 셈이다.

대다수 노동활동가들은 겉으로는 비정규직 차별철폐니 사내하청업체 보호니 하면서 실질적으로는 우선하여 자기들 자리부터 지키고 임금, 기타 복지 부문에 더 많은 것을 요구하고 그것을 관철시키기 위해 모든 수단을 동원한다. 공동의 구역에서 직영노동자들만 부를 나눠먹는 이들의 이중적 행태로 인해 사내 하청업체 노동자들은 먹고 남은 자투리만 나눠먹는 셈이 된다. 그로인해 비정규지기 보호법은 정규직을 보호하기 위한 법으로 전락하고 말았다.

전 사업은 연속적이어야 한다. 물적 자본이나 지식 자본은 재산권을 확립해 자산을 보호할 수 있다. 하지만 노동(인적자본)의 경우 소유할 수 있는 자산이 아니기 때문에 규율을 만들고 법으로 규제한다. 다시 말해 노동시장, 그중에서도 비정규직, 사내하청수의 증가는 직영 노동(노동조합)의 주체가 어떠한 선택을 하는가에 따라 나의 입지가 결정되는 것이다.

노사가 임금협상을 할 때마다 임금이 인상된 만큼 호봉(테이블)표를 상장 작성하는데 신규입사자의 임금이 매년 상승함으로 신규채용을 가로막게 되고 사용자는 쉽게 공정외주처리나 비정규직으로 대체하며 채산성을 늘려간다.

또 하나 산별전환 대기업 사업장의 경우 유럽처럼 산업별 단일 노동조합 형태 발전을 위해서는 대기업 노동자들의 사고와 의식전환이 반드시 수반되어야만 한다. 지금처럼 이중적 행태를 취하는 한 한국의 산업구조 상 대기업의 협력업체, 단순 하도급업체로서의 중소사업장 노동자들의 삶의 질 향상, 임금, 노동조건 등은 공염불이거나 립서비스에 불과하다.

금속산별 산하 중소사업장 사용자들은 덩치가 큰 노동조합에 기죽어 제 목소리 한번 내지 못한다. 그럼에도 중앙교섭에, 집단교섭에, 지뢰교섭까지 참여하고 합의된 내용도 지킨다. 개별교섭이야 같은 회사 직원이니 회사의 사정도 여건도 이야기할 수 있다. 하지만 지부 대각선교섭이나 중앙교섭에는 형평이나 여건과 관계없이 합의되어야 된다.

반면 대기업 사업장은 지부 집단교섭이나, 중앙교섭 다 참여하지 않는다. 딱히 법으로 제재할 방안도 없고 힘으로 밀어 붙이지도 못한다. 결국 대기업은 중앙교섭을 빌미로 실속만 챙기게 되고 중소사업장은 이중 삼중으로 부담과 고통을 당해야 한다. 대기업 사업장 내 비정규직 숫자의 증가는 노사 모두의 필요에 의한 것이기 때문이다. 이는 계급 내 양극화를 심화시키고 결과적으로 노동조합 스스로 공유의 비극을 자초하거나 차별화를 즐기게 되는 꼴이다.

임금을 포함한 열악한 환경에 있는 중소사업장 노동조합이 더 강한 요구가 되고 많은 것을 쟁취해야 함에도 대기업 노동자들이 더 강하고 많은 것을 가져가는 것은 착취고 난센스다.

노동조합의 정치참여에 대해

2000년대 들어 평등파 위주로 노동조합의 정치 참여를 논하기 시작했다. 이론적으로 지당한 방향이다. 모든 것에 긍정과 부정이 존재하지만 이 또한 보는 시각에 따라 부작용이 많은 게 사실이다.

중소사업장 노동조합의 경우 조합원 숫자가 적기도 하지만 단일노조가 된다 해도 조합비는 절대적으로 부족하여 독자적 사업수행이 불가하다. 이런 상황에서 금속노조나 지부의 사업을 수행하기 위해 참여한다해도 평 조합원까지 미치지 못하는 결과는 당연하다. 상근자가 소수이거나 비상근으로 교육에 참여한들 아래로 전파되거나 시키는 것 자체가 불가한 사정으로 간부가 바뀔 때마다 단절되고 만다.

이렇게 극명하게 차이가 나는 문제의 현실은 접어두고 이상만 추구한다는 건 여러 가지로 어려움이 따를 수밖에 없다. 이 모든 것들을 마치 마법사처럼 해결할 듯 말하는 이들이 노동자 출신 정치가들이다.

민주노동당을 만들고 초기에 비례대표로 많은 이들이 국회의원, 도의원, 시의원으로 활동하게 되면서 분위기는 상당히 고무적이었다.

하지만 보수는 부패로 망하고 진보는 분열로 망한다고 했다. 두 번의 국회의원 선거를 거치면서 조직간 자리싸움으로 당은 3개로 쪼개졌다. 모든 것들이 자리싸움 때문이었다. 내가 혹은 내 편이 꼭 그 자리에 가야한다는 강박감 때문에 노동조합 활동이 순수성을 잃기 시작하고 권력 욕심에 조합 활동이 악용되기에 이르렀다.

나는 이렇게 활동했노라고 대표적으로 내세우는 것이 구속과 탄압이다. 그들이 노동조합 간부로서 행사했던 일들은 이야기하지 않는다. 그들의 행위가 정당했는지 얼마만큼 노동조합에 기여했는지는 따지지도 묻지도 않고 고발되고 수배되고 구속된 게 훈장처럼 나부낀다.

그런 생각으로 정치에 참여하는 이가 얼마만큼 지역사회 노동계에 도움을 줄 수 있을까. 실제로 얼마만큼 도움이 되었을까. 다는 아니라고 해도 도긴개긴 말짱 도루묵이다.

조합 활동도 정치참여도 개인의 야망을 버릴 때만이 국민들로부터 신뢰를 받을 수 있다. 지금처럼 노동조합 활동을 마치 정치 입문의 발판으로 인식하는 한 일개 노동자의 얄팍한 술수로 인해 노동조합 전체가 무너지고 말지도 모른다.

협상의 본질

사람들은 살아가면서 여러 가지 다양한 사항에서 여러 가지 일로 협상을 하게 된다. 다만 일상생활에 있어 진행되는 것들에 대하여 대화하고 저장하고 협력하는 일상생활의 내용들을 협상이라고 인지하지 못하고 지나칠 뿐이다.

협상이라고 하면 으레 국가 간 협상이나 노사 간 협상쯤으로 인식하는 것이 전부다. 사람들은 협상의 건이라고 인식했다 해도 협상의 시기, 방법, 협상과정들에 알지 못하고 익숙하지 못해 할 수도 없고 하지 못하여 손해 보는 경우가 많다.

오랜 기간 협상을 하면서 깨달은 내용을 정리해 보았다.

〉〉 갈등

일상생활에 있어 그냥 스쳐지나가거나 대수롭게 생각하지 않고 그냥 양보나 타협으로 이루어져 문제로 인식하지 않는 많은 것들이 갈등이다.

가정에서 부부 간, 자녀가 직장동료 간, 사회생활 모임에서건 크고 작은 갈등이 존재한다.

갈등을 해소하지 않으면 불신과 오기가 생긴다. 갈등은 사람들의 이해관계나 다를 때 발생한다. 갈등은 한쪽당사자가 상대방에게 원하지 않은 어떤 것을 하기 바랄 때 발생한다.

〉〉 굴복과 결렬

어떤 사람이 갈등에 직면했을 때 (상대가 억지라고 인식) 자기의 주장을 강하게 하거나 싸울 가치가 없거나 소극적인 대응에서 합리적이라고 판단 상대방의 의견을 존중하게 되면 결국 굴복이 된다. 이러한 굴복은 자신이 겁쟁이거나 힘없는 사람으로 스스로 분노를 느끼게 되고 자기가 원래 원하던 바를 얻을 수 없게 된다. 반면 결렬은 협상자의 좌절감이나 상대방의 행동에 대한 분노로 상대방이 비협조적이거나 정나미가 떨어질 때 상대방을 현재의 곤경상태에 그대로 내버려 두겠다는 위협수단으로 결렬을 선언한다(노사문제에 결렬은 파업을 의미한다).

협상은 문제를 해결함에 있어 양 당사자 간 비용과 손실이 적은 것을 서로 주고받는 것이다.

개개인이 가지는 가치, 욕구, 느낌, 경험 등은 모두 주관적인 성질의 것들이어서 주관적 효용이다. 협상이 끝나면 내가 너무 많은 것을 양보한 것 같다. 또는 좀 덜 지불하고도 그것을 살 수 있었을 텐데 하는 의문을 떠올릴 가능성이 많다.

지나친 자기 개성은 상대방에게 방어적 입장을 취하게 된다. 상대방의 성격을 이해하고 협상하지 않으면 협상은 어려워진다.

협상을 하면서 상대방을 압박하고 속이는 등 목표를 위해 할 수 있는 모든 수단과 방법을 동원하나 결과에 있어 상대가 마지못해 받아들이게 된다면 패자는 합의사항을 이행하지 않을 갖은 궁리를 다하게 된다.

이겼는지 졌는지, 목표를 달성했는지 못했는지, 신뢰 또는 불신, 현명하게 보이거나 어리석게 보임, 충돌과 회피 이상과 같은 모든 심리적인 요소들은 협상의 실질적인 요소로 협상의 책임이며 이들 요소들을 일컬어 무형요소라 한다. 반면 협상의 공식 의사결정 들어있는 가격이나 비율, 거래조건, 합의서 용어, 계약언어 등은 유형요소다.

같은 양의 음식을 작은 그릇에 담아내면 궁색하게 보이고 큰 그릇에 담아내면 넉넉하게 보인다. 달리 해석하면 큰 그릇의 음식은 빈약하게 보이고 작은 그릇의 음식은 알차 보인다. 우리들은 지금까지 그릇 속에 든 음식의 질은 한 번도 생각해보지 못했다. 그저 큰 투쟁, 큰 요구, 큰 모임 등 다분히 선동적이고 홍보성 멘트에 지나지 않았다. 하긴 아직도 질보다는 양이 부족한 절대다수의 노동자들의 삶에 배부른 소리인지는 모른다.

그럼에도 작지만 요란하지 않고 그러면서도 양이나 질을 채워가는 운동이 필요하다고 생각한다. 그것을 위하여 지도자들의 의식전환과 동시에 다소의 비판을 감수하고 이해시키는 인내와 지혜가 필요하다.

신 노사 정책이 필요하다

세계경제나 정치 사항은 실로 놀랄 만큼 급변하고 있다. 이미 기업들은 글로벌화된지 오래고 미국의 절대 패권주의는 유럽과 아시안 신흥 도상국에 의해 많이 약화되었다. 냉전 붕괴 후 전 세계 산업생산력의 바로미터인 미국이 차지하는 비율은 한 자리 숫자로 추락했고 세계 기축통화인 달러가치 역시 끝없이 하락 중이다. 이러한 현상은 중국인민폐, 일본엔화로 급속히 확대되고 있다.

특히 주목할 만한 점은 중동의 오일머니다. 경제에 있어 가장 보수적이던 중동국가들의 공격은 두바이의 기적과 전 세계 주요산업의 M&A를 통한 사업과 금융으로의 이동은 세계의 흐름을 가늠하기조차 힘들게 하고 있다.

GATT와 같은 국제적 무역 질서가 현존하고 있지만 ASEM, NAFTA, 개별국간(FTA) 협정을 맺어 경제, 정치 사회에 있어 블록화, 경직화되는 설정이다. 이제껏 중국의 경제성장은 국내산업의 성장에 절대적으로 기여했지만 이제는 경쟁상대국을 넘어섰다. 일본의 정치적 우경화와 패권적 발상으로 인해 우리나라로는 경제적 종속국에서 정치적 종속까지 감당하게 될 듯하다.

이미 자원 외교는 나라의 힘에 비례하여 참여와 불참이 가려지고 있고 우리나라는 이삭 줍는 식으로 틈새를 이용해 분발하고 있으나 분명한 한계가 있어 보인다. 이대로 가다가는 중국이나 일본에 빌붙어 구걸하거나 높은 가격에 원자재를 사야하는 꼴이 될 것도 같다.

GM, 크라이슬러, 포드, 이른바 미국의 빅3 자동차, 일본의 소니전자의 삼성추격, 한국의 선반건조의 일본추월, 대형공장들의 해외이전, 대형 할인마트의 시장 점유율 상승, 철저한 시장경제 논리에 조금이라도 늦출 수 없는 긴장감, (인적자원을 제외한) 경쟁자원이라고는 전무한 우리나라에서 노동조합은 어떤 입장을 가져야 할까? 노동자들이 어느 정도의 권익을 누릴 수 있었던 세대가 우리세대로 끝내지 말아야 할 당위성에 노사가 화합하고 힘을 모을 수는 없을까?

방법은 노사가 과거로부터 벗어나는 데에 있다. 서로 더 솔직하게 더 신뢰하며 상대와 정세를 공유하고 이해하는 노력부터 해야 한다.

노동조합은 과거 힘 있을 때 했던 모든 습관들을 다 버려야 한다. 사용자 또한 노동을 착취하며 숨기고 억압하던 과거의 관습에서 멀어져야 한다. 여기에는 반드시 고통이 따르며 지도자의 결단과 용기가 필요하다. 단 몇 년 만이라도 노사화합을 선언하고 힘을 모아야 할 때다. 노동조합은 미래를 위한 명분을 축적하고 경제의 한 축으로 자리매김할 수 있도록 노력해야 한다. 미래의 후배들을 위하여.

/ 덧붙이는 글 /

건설 노동조합의 횡포

조합활동은 조직원들의 권익보호가 목적이다.

일선 현장에서 노출되어 있는 인권, 안전, 노동착취 등 노동자들에게 지켜야할 것들과 불이익을 초래하는 사안들에 대하여 노동자 혼자의 힘으로 대응이 어려우므로 여러 명이 조합을 결성하여 대응하는 집단적 행동이다.

이를 위해 조합원 규합, 홍보, 교육 등의 필요성에 대하여 공감하고 함께하기 위한 기본적인 노동조합 가입을 알리는 행위들을 하게 된다.

단위 사업장의 경우 조합활동을 하기 어렵지는 않으나 건설현장의 경우는 여러 공정에 걸쳐 노동자들이 각각의 사업주 고용 하에 취업을 하고 있어서 조합가입, 교육, 선

전 등이 어렵고 사실상 불가능하다고 할 수 있었다.

하지만 최근 일선 건설현장에서 자행되고 있는 건설노동조합의 도를 넘는 폭력성과 억압은 비난을 자초한다.

노동조합은 모집(가입)에 있어서 당위성이나 홍보는 없고 마구잡이식으로 위협을 가하여 어쩔수 없이 조합원들을 가입시키고, 어쩔 수 없이 노동조합에 가입된 노동자들만을 채용하고 있다.

만약 거절이나 타협을 하고자 한다면 방송차를 동원하여 현장을 에워싸고 현장진입 방해 등 공사 방해를 막무가내로 하여 현장이 멈추게 되어 공사기간에 쫓기는 사업주나 시공사는 어쩔 수 없이 그들의 요구를 수용할 수밖에 없다.

이렇게 진행된 노동조합의 불합리한 활동은 관행이 되었고 강압적이고 탄압적인 횡포는 시간이 흐를수록 고착화되었다.

이러한 도를 넘는 관행들이 지속된다면 분명 국민들로부터 외면되고 버림받을 것이다.

이미 건설현장의 일부 공정의 조합원들 임금은 통상적인 수준을 훨씬 뛰어넘을 정도로 높은 것이 현실이다.

이러한 사실들이 외부로 알려지면 노동자들 간의 갈등

도 유발될 것이다.

지금이라도 이같은 폭압을 멈추고 이성적 조합활동이 될수 있기를 간절히 바라본다.

일부 건설노동조합의 폐해에 대한 구체적인 내용을 살펴보면 다음과 같다.

1. 타워크레인 설치 전 민주노총과 한국노총의 세력싸움이 시작되며

* 예를 들어 타워크레인 5대 설치시 민노총은 보통 운전원 5명 모두를 사용하길 요구하며 협의 후 노조원 4명 타워업체 직영 운전원 1명으로 합의하는게 보통의 경우임.
* 한노총의 경우 2명 정도의 운전원을 사용할 것을 요구함(이는 건설노조, 특히 타워의 경우 민노총의 세력이 크기 때문임).
* 대부분의 지역에서 민노총의 운전원이 70%이상 채용되고 있는 실정임.
* 민노총과 한노총 모두 요구를 관철하기 위해 현장 안전관리의 미흡한 상태에 대해 채증작업을 하여 노동부에 고발함.
* 대부분의 현장에서 수천만 원까지 벌금 및 과태료 납부.
* 또한 현장입구를 막아 집회를 진행하면서 공사방해, 양 노총조합원들 간의 충돌 등이 빈번하며 이로 인한 공사지연이 빈번히 발생.

2. 타워크레인 설치 후 타워 기사들의 횡포

* 타워 기사들의 임금은 급여와 시간외 수당이며, 이를 제외한 다른 비용은 받을 수 없음.
* 타워크레인 노조의 임금협상 시에도 이를 근거로 협약함(그 외 비용은 인지하면서도 부정함).
* 타워크레인 기사들이 투입되면서 골조업체 및 전기, 설비등 업체와 월례비 협상을 시작함.
* 협상이 지지부진 하거나 자신들의 요구가 관철되지 않을 경우 태업을 시작, 타워 붐의 회전과 후크의 상승과 하강을 최대한 천천히 하여 형틀, 철근등 작업능률을 감소시킴. 전기 설비의 경우 작업을 아예 하지 않음(신호, 무전 무시).
* 지하층 작업 시 형틀팀이 다수일 경우 팀장에게 별도의 비용을 받고 비용을 받은 팀의 일을 우선적으로 수행함.
* 타 공정(지붕공사, 조적, 미장, 방수 등) 타워크레인 이용 시 회당 혹은 건별 이용료를 받음(100,000~200,000원).
* 건물옥상의 누름콘크리트, 옥탑콘크리트 타설 시 호퍼작업에 대한 별도의 비용을 받음(골조업체의 경우 펌프카 비용보다 적기 때문에 어쩔 수 없이 이용함).
* 타워 설치 기간 중 비용문제로 다툼이 생기거나 자신들의 요구를 수용하지 않을 경우 언제라도 노조원들을 동원, 현장주변에서 집회하면서 수시로 공사방해, 출입문 봉쇄 등 위법행위를 하고 비산먼지, 폐기물, 안전관련 채증작업 후 고소, 고발을 진

행함.

* 노조원 자신들도 소위 양아치 짓이라고 스스로 말하면서도 타워기사가 많아서 한 현장이 끝나고 자기순번이 돌아오려면 1년 전후를 쉬어야 한다며 벌수 있을 때 최대한 벌어야 한다고 애기함.

3. 건설노조의 확산에 따른 폐해

* 건설장비(펌프카, 덤프, 크레인, 레미콘트럭 등) 노조, 일반 건설노조, 타워노조등 확산추세로 전국의 현장 곳곳에서 충돌(한노와 민노, 노조와 건설업체 간)이 확산하고 있으며 이에 따른 피해가 점점 심각해지고 있는 추세임.
* 예를 들어 상기와 같은 과정을 거쳐 조합원을 사용하더라도 건설노조의 업무수행이 비노조원의 60~80% 수준으로 곳곳의 현장에서 공기의 지연, 인건비 과다투입으로 인한 단종업체의 적자 발생 등의 피해가 발생하나 해당노조원 또는 팀을 노조의 압력으로 해고할 수 없음.
* 건설업체의 경우 부당함에도 전 건설업체가 연합할 수 있는 여건이 않되므로 노조의 연합에 대응할 수가 없는 구조임.

상기의 내용을 이해하는데 도움이 될 것 같아서 타워크레인 운전원의 실제 임금현황을 표로 만들어 보았다. 차후 누군가에게 도움이 되기를 바란다.

타워크레인 운전원 임금현황

(금액단위 : 원)

구 분	A 현장	B 현장	C 현장	비 고
급여 (원정지급 OT 포함)	6,500,000	7,500,000	6,000,000	
골조				
월례비	4,500,000	4,000,000	6,500,000	C현장의 경우 옥상호퍼 작업포함
OT비용	2,500,000	4,000,000	2,000,000	B현장의 경우 최근3개월평균
형틀팀	300,000			
철근팀	300,000			
전기	300,000	200,000	300,000	
설비	300,000	400,000	300,000	
통신			300,000	
계	14,700,000	16,100,000	15,400,000	
통신 (전 공사기간 합계)	200,000			
건당, 시간당 타워 이용료(그외 공정)	300,000	200,000	200,000	
옥상 레미콘 호퍼작업 별도				
B 현장의 경우 도심지 타워1대 사용				

나의 연대표

연도	나의 이력	
1958	태어남(7.27.음)	경남 창원시 북면
1976	고등학교 중퇴	
1977	코리아타코마 입사	경남 마산시 수출자유지역 내
1979	아버지 사망	당시 45세, 10월 27일
1980	군입대(맹호부대)	경기도 가평군 현리(수색대대)
1982	군제대	1982. 11. 30
1982	민주산악회 가입	경남 마산
1983	대우조선(협력업체)	입사(거제시 아주동)
1986	한국중공업 입사	경남 창원시 귀곡동 555번지
1987	노동교실 참여	경남 마산 양덕동
1987	노동조합 설립	1987. 07. 27
1987	결혼	1987. 12. 13
1988	조합간부 시작	한국중공업노동조합 홍보부장, 대의원
1989	새탑회 결성	최초 회원 40여 명
1990	산업안전보건위원	한국중공업 산업안전 보건위원회 위원
1995	산업안전보건부장	다발성 골수종 폐농양 최초산재 인정
1995	마.창.진 참여연대활동	
1999	일방 종제 폐지 총파업	3명 구속
1999	경남대 입학	경영학
1999	한국중공업 사무장 취임	
2001	금속노조 가입	조직형태변경 규약 마련
2001	민주노동당	중앙대의원
2001	사명 변경	두산중공업으로 사명 변경
2002	47 총파업	해고 18명 급여가압류 7명구속, 89명 징계
2003	배달호 분신	분신 63일 출상
2005	새탑회 탈퇴	
2006	도의원 출마	창원 제1선거구
2008	박사학위취득	경제 무역학 박사
2010	두산중공업 지회장출마	

새탑

단결
투쟁

단결
한국중공업노동조합
KHIC
T.U
전국금속노동조합연맹
한국중공업노동조합